L'ORPHELINE DU TEMPLE

VICTORIA MAS

L'ORPHELINE DU TEMPLE

roman

ALBIN MICHEL

Préface

« *Voici deux jours que la princesse s'en est allée du Temple...* »

C'est par ces mots que je découvris les lettres de mon père. Je crus d'abord que celles-ci m'avaient été destinées par erreur, qu'elles s'adressaient à une autre Marie Herbelin qui elle aussi, depuis peu, pleurait devant une pierre tombale au milieu d'un cimetière. L'enveloppe mentionnait pourtant mon adresse. L'écriture m'était inconnue, tout comme le prénom de celle qui me faisait parvenir ces écrits : une certaine Françoise, vivant en Provence, bien au fait de mon existence, tandis que j'ignorais parfaitement la sienne.

Plusieurs jours me furent nécessaires pour admettre ce que j'avais su dès l'instant où j'avais fébrilement déplié ce courrier. Le déni est une bienveillance, il préserve le cœur de bouleversements si soudains qu'ils seraient insoutenables sur l'instant. Noircissant ces pages, c'était bien l'écriture de mon père : droite, propre, sans ratures, semblable à la rigueur dont il fit preuve tout au long de sa vie. En parcourant ses phrases, c'était sa voix que je percevais, ou, plus justement, son murmure. Jamais je ne l'entendis hausser le ton, pas plus que je ne l'entendis rire. Il fut un homme réservé et songeur, plus discret que tous les chats du voisinage, se faisant aussi rare dans le village que la lune en plein jour. Ses cheveux bruns et mi-longs étaient traversés par une mèche blanche qui prenait naissance dès les premières racines de son front, et ce signe distinctif semblait ajouter au mystère de sa personne. Ses mains larges et fortes, que l'on aurait spontanément attribuées à un forgeron, manipulaient pourtant les plus petites aiguilles de montres à gousset avec une dextérité étonnante. Consacrant toute sa vie à la mécanique du temps, il travailla dans son atelier jusqu'à son dernier souffle, son corps robuste courbé sur un vieux tabouret en bois, indifférent au tintamarre des pendules et des horloges, sourd au tic-tac des secondes et au timbre des heures, n'entendant même plus le clocher de l'église qui annonçait le souper.

Il me serait aisé de poursuivre sur mon père. Combien de pages pourraient s'écrire sur le plus insaisissable parent ! Cette préface, néanmoins, se limiterait à mentionner ses silences, son air perpétuellement taciturne et les interrogations que cette mélancolie aggravée suscitait dans mon esprit de petite fille. Ce que je connais véritablement de lui, je le dois aujourd'hui à ses lettres. Adressées à sa tante entre 1795 et 1820, elles me permettent de dresser pour la première fois un résumé succinct mais complet de son parcours.

Joseph Herbelin naquit à Fécamp, le 4 juillet 1775, sans avoir connu ses parents. Élevé à Paris par son oncle maternel, Charles Herbelin, médecin de si louable réputation qu'il fut appelé au chevet de Louis XV, et par son épouse, Céleste, il rejoignit les rangs de la garde nationale à l'âge de seize ans. Vif, intelligent, émérite, il fut nommé en février 1794 gardien à la prison du Temple, où étaient alors retenus les derniers otages royaux : Louis-Charles et Marie-Thérèse, enfants des défunts Louis XVI et Marie-Antoinette, ainsi que Madame Élisabeth, sœur cadette du roi. Deux ans plus tard, soupçonné de sympathies royalistes et contraint de fuir le

Temple, Joseph Herbelin s'installa à La Roche-sur-Seine*, un village du Vexin, où il mena dès lors une existence modeste de maître horloger, d'époux et de père.

Sa vie, en apparence ordinaire, se distingua pourtant par des événements remarquables que relate sa correspondance. Conservée par la sœur de Céleste Herbelin, puis par plusieurs de ses nièces, celle-ci passa de mains en mains, de tiroirs en coffrets, avant de m'être enfin restituée par cette Françoise qui s'avéra être une cousine éloignée… Je laisse le lecteur imaginer les torrents d'émotions vives et contraires que j'éprouvai à la découverte de ces écrits ! Sans doute connaissons-nous moins bien les vivants que les défunts. Sans doute faut-il attendre la mort de certains êtres chers pour véritablement les rencontrer.

Les lettres ici rassemblées ne se contentent pas d'évoquer l'histoire de Joseph Herbelin. Au-delà du récit d'un seul individu, s'écrit le journal de tout un peuple en proie aux tumultes et aux incertitudes

---

* Aujourd'hui La Roche-Guyon. Pendant la Révolution française, le village prit le nom de La Roche-sur-Seine.

du siècle révolutionnaire. Le narrateur est à la fois témoin et acteur, victime et bourreau, républicain puis indécis. Ses tourments racontent les traumatismes de son pays. Sa plume donne une voix à tous ceux que la Révolution a désenchantés et rendus coupables. Et parce que son témoignage nous révèle un visage intime de cette période, parce que ces circonstances façonnèrent durablement son esprit et son avenir, il en ressort une certitude : dès lors que l'Histoire nous traverse, nos vies cessent de nous appartenir tout à fait.

Marie Herbelin
17 avril 1853

Lettres de Joseph Herbelin

Lettre du 21 décembre 1795

Ma chère tante,

Voici deux jours que la princesse* s'en est allée du Temple. D'après les rumeurs, le convoi n'a pas encore atteint la frontière. Tout Paris demeure dans l'attente de ses nouvelles. Une étrange amertume a succédé ici à la joie de sa libération**. Sa présence dans cette forteresse nous était finalement devenue coutumière.

---

* Il s'agit de Marie-Thérèse de France, fille aînée de Louis XVI et de Marie-Antoinette, née le 19 décembre 1778.

** Après plus de trois ans de détention, Marie-Thérèse de France fut libérée de la prison du Temple dans la nuit du 18 décembre 1795 et remise à l'Autriche quelques jours plus tard en échange de prisonniers français.

Si nous ne la voyions pas, nous la savions néanmoins là-haut, au troisième étage de la grande tour, isolée des regards et de la lumière du jour par une jalousie posée devant sa fenêtre. De la même façon que les phares sont indispensables aux marins, elle était devenue notre repère en plein cœur de la ville, nous indiquant la marche à suivre, nous rappelant son abnégation, relativisant nos malheurs par sa situation. Ceux-là mêmes qui avaient applaudi la mort de ses parents s'enquièrent à présent de son exil vers l'Autriche avec un chagrin qu'ils ne dissimulent plus. Je ne les condamne pas. Je suis moi-même de ceux-là. Les temps troublés créent des hommes confus.

Croyez bien, chère Céleste, que j'eusse aimé vous écrire plus tôt. J'eusse voulu vous raconter chacune de mes journées au Temple, vous confier la noirceur qui sévit sous mes yeux, ne serait-ce qu'afin d'y croire moi-même. Hélas, dans ce lieu où l'hostilité régnait en maître, les gardiens n'étaient pas moins surveillés que les prisonniers. Une lettre écrite durant la nuit se retrouvait dès le matin saisie. Une confidence naïve pouvait mener un pauvre bougre droit à l'échafaud. Dans chaque recoin, qu'il fût midi ou minuit, des yeux tapis dans l'ombre semblaient nous guetter sans trêve. Nous redoutions nos propos, tout autant que nos silences, si bien qu'entre ces épais murs de pierre, j'en vins à me persuader que nos pensées elles-mêmes étaient épiées…

Aujourd'hui sorti de ce lieu damné, je puis enfin tout vous raconter. L'estime que je vous porte m'encourage à faire preuve de la plus grande honnêteté, c'est pourquoi mon récit prendra certainement quelquefois l'allure d'une confession… Oui, il me faut vous raconter le Temple, afin de ne pas renier ce souvenir, mais surtout afin de ne jamais en douter. Notre mémoire seule ne suffit pas, sa pérennité repose sur nos témoins. Aussi me ferez-vous la grâce d'être le témoin, le seul, des deux années que j'ai passées dans cette tour sinistre. Ces lettres seront mon unique témoignage. Vous choisirez de les conserver, ou bien de les brûler. Nul autre à l'avenir ne soupçonnera le municipal que je fus – je souhaiterais moi-même ne jamais l'avoir connu…

Joseph H.

P.S. : Je pars demain pour La Roche-sur-Seine. Je vous indiquerai où m'écrire dès mon arrivée.

Lettre du 23 décembre 1795

Très chère Céleste,

La Roche-sur-Seine s'avère plus charmante que je ne l'imaginais. C'est un village modeste, bordant d'un côté un méandre de la Seine, et s'appuyant de l'autre sur une remarquable falaise de craie. Un étonnant château seigneurial y a été creusé quelques siècles plus tôt, à même la paroi et fait de la même chair blanche. Les maisons à colombages qui composent en majeure partie ce petit bourg côtoient d'ailleurs d'autres habitations troglodytiques situées dans les hauteurs près des bois. (Des grottes en guise de maisons, le croiriez-vous ? Ces boves semblent cependant plus agréables que la plupart des logis à Paris…) Enfin, culminant sur la falaise, un large donjon en pierre, amputé durant la Terreur, continue de dominer la vallée de sa silhouette atrophiée. Moi qui songeais naïvement ne trouver aucune trace de la Révolution dans ces terres paisibles du Vexin… Je dois ma présence ici à Madame de Tourzel*, je vous raconterai plus tard dans quelles circonstances nous nous sommes connus. Consciente de la précarité de ma situation, ma noble amie m'a recommandé auprès de l'une de ses connaissances, monsieur Paul-Henri Meunier, un maître horloger réputé du pays qui, en recherche d'un apprenti, a gracieusement daigné me former à ce métier curieux de la science et de l'art du temps, en dépit de mon impéritie indiscutable en ce domaine.

*

Aujourd'hui, je vous le confesse : j'étais présent lors de la prise des Tuileries**. Du balcon du palais, je regardais ces dizaines de milliers d'insurgés appro-

---

* Louise-Élisabeth de Tourzel (1749-1832), dernière gouvernante des Enfants de France.

** Le 10 août 1792, la Commune révolutionnaire prit d'assaut les Tuileries où résidait alors la famille royale, contrai-

cher et engloutir la ville sur leur passage, semblables à une marée noire et rugissante, résolue à anéantir sur place la monarchie et ses derniers pauvres défenseurs. Malgré mon uniforme, cette ivresse était irrésistible pour mon jeune âge, si bien que j'abandonnai les rangs de la garde nationale pour rejoindre les émeutiers. Nombreux, comme moi, fraternisèrent avec les assaillants. À cet instant, il nous semblait que nous nous rangions du juste côté de l'Histoire, que notre sédition nous couvrait du plus haut mérite et qu'en joignant nos armes à celles des insurgés, nous accomplissions notre devoir moral envers nos concitoyens et notre pays. La frénésie ce jour-là fut démesurée. Le fracas des boulets de canon et le crépitement de la mousqueterie m'étourdirent au point que j'ignorais dans quelle direction courir. J'avais quitté votre foyer à peine quelques semaines plus tôt, et voici qu'à présent je trébuchais sur les corps qui jonchaient les couloirs et les escaliers du palais. Parmi les râles, la fumée, les détonations, je vis des hommes décapiter des cadavres, d'autres attraper des têtes et les ériger

---

gnant celle-ci à trouver refuge à l'Assemblée. Cette journée marqua la chute de la monarchie constitutionnelle.

sur des piques, je vis des femmes mutiler des morts puis porter leurs lambeaux de chair en triomphe. Je vis, pour la première fois, la Révolution à l'œuvre.

J'étais présent, aussi, lorsque le couperet s'abattit sur le roi, puis sur la reine*. Dès l'instant où leurs têtes ensanglantées, profanées, furent brandies face à nous, je partageai l'exaltation sans précédent de la foule amassée place de la Révolution. Treize siècles de traditions s'achevaient sur un échafaud, précipitant la France dans un âge inconnu, et nous en étions les spectateurs privilégiés et extatiques. Décrire à nos descendants l'intensité des passions que nous avons alors vécues sera probablement impossible.

Aussi, lorsque le Comité de la Commune délibéra en ma faveur pour m'offrir de rejoindre la surveillance du Temple, je me réjouis d'être à nouveau témoin, qui plus est un témoin intime, du trépas de la monarchie. Il me tardait de découvrir dans cette prison les enfants du roi déchu et de la reine conspuée, ainsi que la sœur

---

* Louis XVI est exécuté le 21 janvier 1793, Marie-Antoinette le 16 octobre 1793.

du roi, elle qui avait préféré à l'exil la loyauté envers son frère…

À présent, je peine à reconnaître le jeune homme que je décris ici. Cet orphelin impétueux, révolté contre l'oncle qui l'éleva, reniant l'Église ainsi que le roi. Ce garçon qui pénétra fièrement dans la prison du Temple le 17 février 1794, il y a près de deux ans, pour n'en jamais ressortir. Ce lieu nous a séparés. Il a brisé le soldat de dix-huit ans et fait de moi le seul survivant. Tous ceux que le Temple n'a pas conduits à l'échafaud ont disparu entre ses murs. Certains lieux maudits vous ôtent à vous-même… Si je signe aujourd'hui ces lettres de mon nom, je ne suis plus certain de l'homme que je suis. Je peux seulement vous assurer que le Joseph Herbelin que vous et moi connûmes jadis n'est plus de ce monde…

Le papier me manque, je promets de vous écrire au plus tôt. Donnez-moi de vos nouvelles. Vous trouverez où m'adresser votre courrier au dos de cette enveloppe.

Joseph H.

Lettre du 27 décembre 1795

Ma tante,

Le décret vient d'être publié : la fille de Louis XVI a quitté le pays. L'échange a eu lieu hier à Bâle. Une orpheline contre des prisonniers français… ce marché semble inique. Croyez-vous que la France regrettera un jour son choix ? Non contente d'avoir fait de cette jeune fille l'unique survivante du Temple après trois années d'emprisonnement, voici qu'elle la condamne aujourd'hui à l'exil. Aucun sort, à dix-sept ans, ne devrait être aussi cruel…

Joseph H.

Lettre du 1er janvier 1796

Ma chère tante,

J'entends encore, au moment où j'écris, le grincement de la porte charretière qu'on m'ouvrit ce matin de février. J'entends le raffut des trousseaux de clefs, le crissement des verrous, le fracas des barres en fer, le lourd claquement des portes en bois de chêne qu'on refermait derrière moi. Le chahut familier de la ville s'estompait dans mon dos, laissant place à un silence inconnu. Je pris conscience que je pénétrais dans un lieu et un temps incertains, que je ne recevrais plus de vos nouvelles avant longtemps, ni vous des miennes, que désormais mon avenir dépendait uniquement de celui des derniers Bourbons. À partir de ce jour, j'étais moi aussi, d'une certaine façon, prisonnier de cette forteresse…

Nous traversâmes la cour du Temple. Le sable gelé craquait sous nos pas rapides. Des allées d'arbres nus s'étiraient alentour, rachitiques, pétrifiés par l'hiver, et ces silhouettes sépulcrales semblaient à elles seules traduire tous les malheurs de ces lieux. J'aperçus tout à coup la grande tour, immense, d'un noir charbon, oppressante comme un orage… Je redressai la tête et faillis tomber en arrière tant elle s'élevait haut vers le ciel froid et blanc. Coiffant la tour et ses quatre tourelles, des chapeaux sombres et sévères, aux pointes fines comme des fuseaux, semblaient capables de trancher les nuages et les ailes des oiseaux. Les meurtrières, les fenêtres exiguës, la façade éreintée par cinq siècles, parachevaient l'allure sinistre de cette prison au milieu de Paris. « Prends garde, Joseph, d'y pénétrer un jour ! », me confiâtes-vous lorsque j'étais encore assez sage pour tenir votre main. Je regretterais bientôt de n'avoir point écouté votre mise en garde…

La salle spacieuse du rez-de-chaussée était réservée au conseil de surveillance. L'épaisseur des murs en pierre de taille m'impressionna, rien du monde extérieur ne semblait jamais pénétrer ici, ni le temps, ni les nouvelles du pays, ni la compassion des hommes.

Nous empruntâmes l'escalier en colimaçon jusqu'au premier étage où se trouvait la vaste salle de repos. Quelques municipaux somnolaient sur des couchettes. D'autres passaient le temps à fumer, jouer aux cartes, ou s'adonner à la boisson. Un remugle rance stagnait dans cette pièce où ces gardes attendaient eux aussi leur libération. Leur regard exprimait pour certains une haine ardente, arrogante, celle de se trouver ici, de surveiller les derniers prisonniers de Versailles. L'on devinait que si la décision n'avait tenu qu'à eux, ils seraient allés en finir aussitôt avec « ces misérables restes », ainsi qu'ils les appelaient. D'autres, parfois plus jeunes que moi, traînaient entre les lits, l'air hagard, incertains de ce qu'ils faisaient ici, du sens de leur mission, des valeurs de l'écharpe tricolore qu'ils arboraient sans plus la voir.

Une couchette me fut désignée, j'eus à peine le temps d'y déposer mes affaires que nous poursuivîmes notre visite. Nous dépassâmes le deuxième étage sans nous y arrêter.

– Tu verras le fils du tyran* une prochaine fois,

---

* Il s'agit de Louis-Charles de France, né le 27 mars 1785, fils de Louis XVI et de Marie-Antoinette. À cette époque, il n'avait pas encore neuf ans.

m'annonça l'un des membres du conseil de surveillance. Les Simon se sont occupés de lui jusqu'à leur départ il y a un mois*. Depuis, nous l'avons enfermé dans l'ancien appartement de son père. Voilà qui le rappelle à son bon souvenir, ajouta-t-il en ricanant.

Au troisième étage, nous pénétrâmes dans une antichambre. Meublée de chaises, d'un bureau et d'une table à trictrac, la pièce arborait sur un mur, encadrée de tricolore, la Déclaration des droits de l'homme. Nous poussâmes une double porte qui s'ouvrit sur un appartement dont l'humidité me glaça aussitôt. Dans la cheminée, le feu de bois était éteint. (Les allumettes avaient été confisquées aux prisonnières « pour leur sûreté », me dit-on.) Les lieux étaient en outre plongés dans la pénombre. Une jalousie, sorte de hotte en bois installée à l'extérieur de la fenêtre, laissait seulement entrevoir un peu du ciel blanc. D'un coup d'œil, je

* Le 3 juillet 1793, Louis-Charles fut séparé de sa mère Marie-Antoinette et confié à Antoine Simon, maître cordonnier, et à son épouse, qui vivaient au deuxième étage de la tour. Le couple quitta le Temple en janvier 1794, abandonnant l'enfant à lui-même.

pus distinguer l'ameublement élémentaire mais néanmoins élégant : un lit de repos et une couchette, deux tables de nuit, un bureau de noyer, une commode en acajou, un paravent et même un clavecin.

– Voici Élisabeth Capet*, la sœur de Louis, me souffla l'un des membres du conseil.

Assise sur une chaise cannée, la femme qu'il avait désignée posa son missel sur ses genoux et nous salua d'un signe de tête respectueux. Malgré son visage émacié, ses traits fatigués, on ne lisait dans son regard ni courroux ni aigreur. Au contraire, elle paraissait même nous sourire, emplie d'une bonté qui exprimait toute sa patience et sa foi chrétienne. Sa robe noire rappelait qu'elle portait encore le deuil de son frère, plus d'un an après son exécution, ce frère aîné couronné puis damné, et qu'elle avait suivi dans sa chute en sacrifiant sa propre liberté. C'est alors que me frappa l'invraisemblance de me trouver ici, en présence de cette femme noble et pieuse que des siècles

* Élisabeth de France, dite « Madame Élisabeth », née le 3 mai 1764, dernière sœur du roi Louis XVI. Fidèle à ce dernier, elle demeura à ses côtés durant la Révolution, jusqu'à leur emprisonnement au Temple le 13 août 1792.

de protocole et de tradition m'eussent interdit de rencontrer en temps normal, et je me sentis soudain si indigne de sa personne que je détournai le regard.

– Et là-bas, ajouta-t-il, celle qu'on appelait Madame Royale. Ici, c'est « citoyenne » désormais.

Plus loin, assise sous la fenêtre, une jeune fille d'environ quatorze ans suspendit l'ouvrage qu'elle tricotait. À première vue, sa robe en toile de coton, grise et ternie, son absence de bas et de chapeau, ses doigts rougis par le froid, l'auraient confondue avec une mendiante de Paris. Quelques secondes d'observation suffisaient néanmoins pour contredire ce premier jugement. Une lueur infime traversait le carreau et soulignait la douceur de son visage diaphane. Un fichu avait glissé de ses cheveux et les révélait blonds, ondulés et aériens comme de la mousseline. En dépit de sa vêture de prisonnière, en dépit de ce lieu déplorable, son allure était ravissante, et sa posture remarquablement digne. Je peux attester que quiconque l'eût aperçue à cet instant l'eût aussitôt deviné : cette jeune détenue était la fille du roi de France.

Joseph H.

Lettre du 17 janvier 1796

Ma tendre Céleste,

La Roche-sur-Seine s'est réveillée ce matin sous un épais tapis de neige. De ma fenêtre, j'aperçois le fleuve traverser ces champs parfaitement blancs et pénétrés de silence. Ce spectacle de pureté agit sur moi comme une absolution, m'épurant de tous les ravages dont j'ai été témoin et qui souillent aujourd'hui ma mémoire. L'échafaud et ses condamnés. Les têtes tombant dans le panier. Les ruelles transformées en charniers, les rigoles de sang entre les pavés. Les charrettes rompant sous le poids des cadavres… Je conçois que les mutations profondes d'un pays ne peuvent s'accomplir sans violences, tout comme je reconnais qu'il ne peut y avoir de révolte sans martyrs. Certes, nous pouvons nous réjouir d'avoir mené notre bataille à son terme, d'avoir obtenu notre souveraineté, d'avoir donné un statut à nos pensées et un visage nouveau à notre siècle. Tous ces acquis relèvent de notre mérite, cela est vrai. Il est cependant impossible de nous réjouir sans amertume, et je ne pourrai jamais nier que notre République aura été enfantée par ses innombrables suppliciés…

*

Si la surveillance des prisonnières était déjà stricte, les geôliers se chargeaient de la rendre cruelle. Les repas, maigres au demeurant, leur étaient livrés de la même façon que la curée était jetée aux bêtes. Les rares demandes qu'elles formulaient, du bois ou du linge par exemple, se voyaient systématiquement rejetées. Une fois même, Madame Élisabeth, souffrant d'un cautère au bras, dut patienter plusieurs jours avant qu'un municipal daignât lui apporter de l'onguent. Les promenades dans la cour leur étaient interdites depuis le départ de Marie-Antoinette en octobre précédent. Les deux prisonnières ignoraient d'ailleurs toujours sa mort : elles croyaient la reine transférée tantôt à la Conciergerie, tantôt à la prison de La Force, ou simplement bannie du pays. Loin de témoigner d'une quelconque clémence, notre mutisme avait au contraire valeur de châtiment… La plupart de nos visites se résumaient à d'implacables fouilles. Chaque jour, à la recherche de quelque objet compromettant, nous examinions méticuleusement leurs lits, le contenu des tiroirs, l'arrière des meubles, la moindre fente dans les murs, puis, afin de justifier ce protocole intrusif, nous confisquions systématiquement une broutille, telle qu'un livre, une porcelaine, ou encore un chapeau. Certaines nuits, des municipaux zélés, souvent ivres, inventaient un prétexte pour aller réveiller les prisonnières et inspectaient des heures durant chaque recoin de leur appartement, poussant le vice jusqu'à les tutoyer et proférer envers elles des injures que je n'ose retranscrire ici…

Malgré ces humiliations, malgré leur confinement, les deux femmes avaient au moins leur compagnie mutuelle pour consolation, contrairement au fils du roi qui, à l'étage du dessous, ne jouissait pas même de ce misérable privilège… Je le découvris pour la première fois lors d'une visite nocturne. (Il fallait nous assurer, même la nuit, de sa présence.) Je m'étonnai tout d'abord des barreaux de fer qui barricadaient sa chambre, un dispositif de sécurité a priori excessif pour cet enfant de neuf ans, mais qui trahissait la crainte qu'avait la Commune d'une évasion ou d'un enlèvement. En somme, aux yeux des royalistes, ce jeune détenu était l'actuel roi de France… Un guichet ménagé dans la porte permettait de passer les plats sans avoir à communiquer avec le prisonnier. Le poêle de faïence demeurait à l'entrée afin de prévenir tout accident, même s'il semblait difficile d'envisager que la moindre chaleur parvînt jusqu'au reclus. Enfin, une obscurité totale régnait à l'intérieur de la chambre, et je ne pouvais concevoir qu'un enfant y vécût sans hurler de terreur tout le jour. Le municipal que j'accompagnais éclaira de sa lanterne cet antre lugubre.

– Capet ! Capet ! appela-t-il, race de vipère, montre-toi !

Nous finîmes par percevoir un bruissement, puis des pas titubant dans notre direction. Imaginez, dans un réduit où l'on n'aurait pas osé faire coucher des bêtes, la candeur même vous apparaître… La lueur de la flamme révéla un visage absolument charmant, malgré la saleté dont ses traits étaient barbouillés. Ses grands yeux bleus s'agrémentaient des plus jolis cils dont peut jouir un garçon. L'isolement commençait à gâter son innocence, mais il semblait encore possible de le sauver, de lui faire oublier cette obscurité en le remontant seulement d'un étage et en le rendant à sa tante et à sa sœur. Cette possibilité n'effleurait cependant ni les gardes, ni le Comité de sûreté de la Commune. Puisque ce garçon avait passé ses premières années dans les luxuriants jardins du Petit Trianon, sa situation actuelle ne leur semblait que justice.

– Que me voulez-vous, messieurs ? nous demanda-t-il en se frottant les yeux.

– Te voir. Retourne te coucher maintenant ! asséna le municipal.

Le garçon soupira et retourna dans l'ombre, tandis que nous refermions la porte dans un fracas affreux.

Votre dévoué,
Joseph H.

Lettre du 24 janvier 1796

Chère Céleste,

Vous me demandez comment, soumis à de pareilles conditions, je menais à bien la triste tâche qui m'incombait… L'indifférence, ma tante. Celle-ci rend toute chose supportable. Je m'armais chaque matin de la même impassibilité, visitant le petit prisonnier sans lui adresser la parole, fouillant les affaires des prisonnières sans me soucier de leur présence. Je les côtoyais comme on côtoie des fantômes, conscient que nos deux mondes ne feraient toujours que se frôler. Je ne participais pas davantage aux beuveries des gardes, ni ne m'associais à leurs grossièretés envers les détenus. Car, de la même façon que je m'évertuais enfant à plaire à mon oncle, j'aspirais à me montrer irréprochable aux yeux du Comité de sûreté de la

Commune, œuvrant avec diligence et discrétion. Jusqu'à ce qu'un premier événement vînt mettre à mal ma contenance…

Ce soir du 9 mai 1794, sur ordre de la Convention, nous procédâmes à l'arrestation de Madame Élisabeth. À l'entrée de son appartement, nos lanternes éclairèrent son visage blême et creusé par le carême du printemps. En effet, bien qu'affaiblie par sa détention de bientôt deux ans, la sœur du roi avait privilégié le temps liturgique à sa santé vacillante, se limitant à un peu de pain et une écuelle de café durant quarante jours. Si sa dévotion suscitait le mépris chez les plus cyniques d'entre nous, elle inspirait aux autres une déférence silencieuse, voire émue, les rappelant à une piété que la Révolution les avait contraints à fouler.

– Citoyenne, lança un municipal, veux-tu bien descendre ?

– Et ma nièce ? s'inquiéta-t-elle.

– On s'en occupera après.

Incertaine du motif de notre demande, elle embrassa la jeune fille et lui assura qu'elle remonterait bientôt.

– Non, citoyenne, tu ne remonteras pas. Prends ton bonnet et descends.

À la stupéfaction succéda aussitôt un calme grave, impavide, résigné. Lentement, elle s'empara de son bonnet, sans chercher à discuter, sans tenter d'implorer notre pitié, puis elle s'agenouilla devant sa nièce. Étreignant ses mains, elle lui commanda d'avoir du courage, d'espérer toujours en Dieu, de ne point négliger ses prières ; en un mot, elle lui prodigua tous ces conseils propres aux adieux avec une retenue étonnante, malgré le sort qui l'attendait, malgré les injures des municipaux qui la pressaient d'en finir. Enfin, la sœur du roi se releva et abandonna dans cette chambre celle qu'elle avait accompagnée dans le malheur aussi longtemps qu'elle l'avait pu.

Le lendemain, dès notre première visite, la princesse bondit de son fauteuil et me regarda droit dans les yeux.

– Qu'est devenue ma tante ? me demanda-t-elle.

J'étais demeuré si discret jusqu'ici que je m'étais persuadé d'être invisible et n'avais jamais envisagé la possibilité d'être remarqué, encore moins par l'un des prisonniers. Je rougis, embarrassé que la princesse s'adressât à moi, mais aussi ému d'entendre sa voix pour la première fois, de contempler de si près son visage gracieux, sa peau si lisse, ses grands yeux désespérés, elle que l'on s'évertuait à maintenir dans le supplice de l'ignorance.

– Ta tante est allée prendre l'air, ironisa le municipal qui m'accompagnait.

Sans doute jugea-t-il cette réponse plus odieuse que de lui avouer que sa tante avait été guillotinée le matin même*. Malgré cette provocation, la princesse ne détourna pas son regard du mien, semblant percevoir que ce lieu ne m'avait pas tout à fait dévoyé, qu'il lui était encore possible de convoquer un peu de ma compassion.

– Je souhaiterais être réunie avec ma mère, me dit-elle.

– Nous en parlerons, rétorqua le municipal à ma place.

Lasse d'insister, elle se laissa choir sur son fauteuil puis me jeta un dernier coup d'œil. Je crois qu'elle remarqua le chagrin qui me saisit soudain, car je vis son expression s'étonner puis s'adoucir. Je venais d'entendre la réponse qui m'avait été répétée toute

---

* Le 10 mai 1794, Madame Élisabeth fut exécutée.

mon enfance durant, et voici que la fille du roi était aujourd'hui le seul témoin de mon désarroi…

*

Vous souvenez-vous, ma tante, lorsque à dix ans je transformai le cabinet de votre mari en un véritable capharnaüm ? Je revois la mine interloquée du domestique qui me surprit en pleine nuit au milieu de mille papiers éparpillés sur le sol. Il s'empressa d'aller vous réveiller – je ne lui tins pas rigueur de cette délation : il redoutait certainement d'être accusé de ce désordre. Mon absence de remords augmenta la fureur de mon oncle, ce qui ne fit que m'amuser. Puisqu'il me refusait tout renseignement sur mes parents, j'étais venu chercher une trace de ceux qui m'avaient donné la vie et dont j'ignorais tout. Étaient-ils toujours de ce monde ? Savaient-ils où j'habitais, comment je me prénommais ? J'en voulais profondément à mon oncle. Et je vous en voulais tout autant de ne pas me prendre en pitié, de ne pas daigner m'accorder la seule vérité à laquelle j'aspirais. Quelle cruauté que de refuser à un enfant ne serait-ce que la mention du prénom de sa mère ! Si au moins j'eusse compris la raison de ce secret… Aujourd'hui, mon chagrin est le même qu'à mes dix ans. Voyez-vous, le temps vient à bout de toute chose, excepté de l'enfance.

Joseph H.

Lettre du 1er février 1796

Ma chère tante,

Oui, cette inhumanité que je vous reprochais autrefois devint aussi mon péché. Il est certaines ironies dont on se passerait… Suivant les ordres du Comité de sûreté, je refusai à la princesse de l'informer sur le sort de sa mère et de sa tante, esquivant ses interrogations avec la même nonchalance que vous jadis – « Cela ne me regarde pas… J'en parlerai… J'ai pris note de votre requête… » –, et chaque jour, cette rengaine me transformait un peu plus en bourreau. À cette époque, la seule mort dont la prisonnière avait connaissance était celle de son père : le 21 janvier 1793, lorsque les salves d'artillerie, les roulements de tambours et les acclamations dans la ville annoncèrent que le roi avait été guillotiné, elle poussa des cris si perçants dans la grande tour qu'ils furent entendus au-delà de l'enceinte…

Lasse de nos silences, la princesse se retira dans le mutisme. Nous la trouvions désormais assise dans un recoin, pâle, indifférente à notre présence, pareille à une statue d'albâtre. Dans l'espoir de la faire réagir, nous lui retirâmes ses chandelles, ses hottes de cotrets* et son briquet, la laissant démunie dans l'obscurité des nuits et le froid mordant des matinées. À présent qu'elle était seule, certains geôliers s'amusaient, passé minuit, à monter l'effrayer en plein sommeil. Je ne participais jamais à ces visites nocturnes et regrette aujourd'hui la lâcheté dont je fis preuve au même titre que ces hommes corrompus… En dépit de nos humiliations, la jeune fille s'obstina à garder le silence et à perpétuer les habitudes de sa tante, puisant sa résistance dans cette discipline quotidienne. Chaque jour, nous pénétrions dans un appartement propre et bien tenu, exempt de la moindre poussière, et, de la même façon, la fille du roi se présentait à nous toujours soigneusement coiffée et vêtue, malgré la précarité de sa garde-robe. Voyez-vous, la fierté de son

* Fagots de bûchettes à brûler.

rang demeurait le seul bien que nous ne pouvions lui ôter…

À l'étage du dessous, son jeune frère n'avait ni l'âge, ni le caractère qui lui eussent assuré une telle résilience. Sitôt que nous ouvrions sa porte, nous étions saisis par un remugle infâme, émétique, plus insupportable que toutes les fosses communes de Paris. Nous retenions notre souffle et avancions précédés de nos lanternes, évitant les immondices au sol, écrasant les blattes qui rampaient sur nos bottes, puis nous apercevions, allongé sur sa couche, l'enfant semblable à une charogne, respirant faiblement, ses cheveux caressés par les rats. Je me souviens que l'aide de cuisine, revenant un jour de lui avoir apporté à souper, décrivit le prisonnier comme « quelque chose qui végète, des os et de la peau qui bougent »… Le seul municipal qui osa mentionner au Comité de sûreté la négligence dont souffrait le garçon fut aussitôt démis de ses fonctions.

Vous l'aurez compris, la désolation au sein du Temple était sans pareille. Ni la Convention ni la Commune ne savaient que faire des derniers descendants de la monarchie. Le bannissement était certes moins cruel que la guillotine, mais laissait le fils de Louis XVI libre de revenir un jour et réclamer le trône de France. D'un autre côté, l'exécution de deux enfants pouvait sévèrement entacher l'image de notre nouvelle République… Le choix le plus sûr était encore de les laisser enfermés. Les débats se poursuivaient, les semaines s'écoulaient, et pendant ce temps, nous autres au sein du Temple, prisonniers de cette tour maudite, nous métamorphosions. Les mines devenaient blêmes, jaunes, grises. Les corps se tordaient, les voix se taisaient. Certains devenaient des spectres, erraient entre les murs, vagissaient la nuit au fond de leurs lits. D'autres, frustrés par la faim et le froid, se changeaient en bêtes sauvages et se battaient entre eux comme des lions en cage. Quant à moi, malgré mes efforts, je commençais à sombrer dans la plus accablante déréliction, me persuadant que je ne reverrais plus ni la ville ni la campagne, que je ne connaîtrais jamais de femme, que cette tour serait mon caveau. C'est alors qu'un municipal vint me révéler la solution à tous nos maux…

Joseph H.

Lettre du 17 février 1796

Chère Céleste,

Le fracas d'une barre de fer, semblable au tonnerre, m'a tiré brusquement de mon sommeil. J'ai bondi de mon lit, me croyant au Temple, et je peine à présent à refermer les yeux. Il me semble encore que l'on me surveille, qu'un gardien, quelque part, guette ma prochaine bévue afin de me faire condamner. Je dois avouer qu'en vous écrivant ces lettres, je suis régulièrement contraint de poser ma plume. Je détourne mon regard du papier et prends le temps d'observer ma chambre. Je contemple la lourde pendule contre le mur, les rideaux brodés devant ma fenêtre, mon lit étroit sous la poutre de la mansarde. Ce rituel m'aide à revenir au présent, à me convaincre que j'ai définitivement quitté le Temple, quand bien même je crains que ce lieu, pas plus que le souvenir de la princesse, ne me quittera jamais…

*

Ce soir-là, à l'exception d'un garde qui ronflait à l'autre bout du dortoir, l'étage était désert. Les municipaux soupaient au rez-de-chaussée, et je profitais de cette rare tranquillité pour m'assoupir sur ma couchette. La délation au Temple était si courante, voire encouragée, que je m'astreignais à ne jamais dormir complètement la nuit, redoutant de tenir quelque propos préjudiciable durant mon sommeil. Je somnolais donc, lorsqu'une main se posa sur mon épaule.

– Dors-tu, citoyen ? entendis-je.

Accroupi près du lit, un municipal m'observait de ses yeux gris et térébrants. Une cicatrice zébrait sa tempe, tandis que sa barbe noire dissimulait le bas de son visage tel un masque qu'il était contraint de porter. Je devinai chez lui l'âpreté de ceux qui ont connu la faim, mais aussi le flegme des anciens condamnés. Sa main sèche et épaisse pesait sur mon épaule, prête à me retenir si je décidais soudain de m'enfuir, et je perçus sous sa paume toute la fureur et la persuasion dont cet homme était capable.

– Je t'observe depuis que tu es ici, souffla-t-il. Tu es discret, tu n'adresses la parole à personne. Jamais je ne t'ai vu te soûler en compagnie des autres. Serais-tu un antirévolutionnaire ?

– Non, évidemment, répondis-je.

– As-tu des sympathies envers la famille royale ?

– Non plus.

– Soutiens-tu Robespierre ?

– Que me reproches-tu ?

L'homme jeta un coup d'œil par-dessus son épaule, s'assurant que nous n'avions pas de témoins, puis il secoua la tête calmement.

– Nulle inquiétude. Je voulais m'en assurer, c'est tout. J'ai un projet, j'aimerais te le soumettre. Ai-je ta confiance ?

– J'ignore qui tu es.

– Cela importe peu. Je suis comme toi, un municipal arrivé ici par hasard. Seulement, je nourris une ambition que personne ne semble avoir en ce moment.

À nouveau, il vérifia que l'étage fût désert avant de poursuivre à voix basse.

– Tant que les deux bâtards là-haut seront en vie, notre République sera menacée. Nous avons fait tomber toutes ces têtes pour nous prémunir de ce risque, il ne peut y avoir d'exception. La moindre goutte de sang bleu en liberté est la garantie qu'on reviendra nous écraser un jour. Maudits soient ceux qui doutent ! Quoi, parce que ce sont des enfants, nous devrions les épargner ? Qu'en est-il de nos propres enfants, morts dans la misère par la faute du roi ? Notre Révolution doit achever ce qu'elle a commencé. Nous devons libérer la République de toute menace. Et nous libérer nous-mêmes de cette tour où nous moisissons jour après jour. Ici, au Temple, mettons un point final à notre œuvre… Acceptes-tu, Herbelin ?

À cet instant, je n'entendis rien d'autre que les battements de mon cœur, lancinants, assommants, heurtant mon crâne comme un marteau, dans un vacarme si assourdissant que je ne compris pas la réponse que je lui adressai. Un sourire vint alors tordre le visage de l'inconnu, un sourire sinistre, satisfait, odieux, pareil au rictus du diable lorsqu'il achète une âme, et je pris conscience que je venais de lui répondre : « Oui… »

Votre neveu qui espère vous lire,
Joseph H.

Lettre du 9 mars 1796

Très chère tante,

Quelle joie, et quel soulagement de recevoir votre lettre ! Je craignais que ma confession vous eût offensée et que vous ne daignâtes plus me répondre ni me lire… C'était cependant douter de votre indulgence. Je vous prie de me pardonner. J'ai promis de vous raconter toute l'ignominie du Temple, sachez que cet aveu ne fait qu'effleurer ses contours…

Joseph H.

Lettre du 14 mars 1796

Ma tante,

Il m'est aujourd'hui possible de comprendre ce qui me poussa à consentir à cette proposition si infâme. J'avais à l'époque toutes les dispositions favorables pour obéir à des influences néfastes, à savoir un esprit malléable, un idéal révolutionnaire, ainsi qu'un orgueil insatisfait… Certes, je ne fus pas non plus indifférent à la perspective de pouvoir mettre un terme à notre mission dans le Temple. Au regard de l'instabilité dans le pays, nous risquions de demeurer dans cette tour des mois, voire des années. La Grande Terreur* traversait

* Au début de l'été 1794, la France connut une vague de persécutions massives à l'encontre des antirévolutionnaires, appelée la Grande Terreur.

la France, les récits des exécutions sommaires et des massacres en Vendée nous parvenaient par bribes. Certains accueillaient ces nouvelles avec une joie manifeste, d'autres, dont je faisais partie, se bornaient à une incrédulité silencieuse. Notre lien si restreint avec le monde extérieur avait fini par nous le rendre étranger, et nous ne pouvions concevoir comment, partout dans la nation, la Révolution continuait à faire couler des ruisseaux de larmes et de sang…

Joseph H.

Lettre du 21 mars 1796

Ma chère Céleste,

C'est durant cette période que je fus amené à m'entretenir pour la seconde fois avec la princesse. Ce soir-là, j'inspectais son appartement en compagnie d'un autre municipal. Les fouilles relevaient désormais d'un excès de zèle, car la prisonnière ne comptait plus d'effets personnels, qu'il s'agît de livres ou du plus petit crayon pour écrire. Le municipal que j'accompagnais, un butor replet, chercha à divertir son ennui en s'intéressant au clavecin situé à proximité de la fenêtre. D'un doigt, il appuya sur une touche et produisit un son des plus désagréables. Cet exercice sembla l'amuser, puisqu'il entreprit de faire sonner successivement chaque note du clavier, toutes plus stridentes les unes que les autres.

– Dis, petite, lança-t-il à la princesse, on ne t'a pas appris la musique à Versailles ? Ton piano sonne aussi faux que les remords de ton défunt père ! ajouta-t-il dans un rire.

Assise sur un fauteuil en velours, la princesse poursuivait son tricot, indifférente à cette provocation. Depuis des mois, je la voyais faire et défaire la même pelote de laine, machinalement, inlassablement, se rattachant à l'existence grâce à ce seul fil blanc qu'on daignait encore lui laisser. Le municipal, finalement lassé de l'instrument désaccordé, comme un enfant se lasse de ses propres gamineries, s'éclipsa en faisant claquer ses bottes sur le carrelage. Ainsi me retrouvai-je seul en présence de la prisonnière. Confus, je refermai le tiroir que j'inspectais machinalement, puis je m'emparai de ma lanterne posée sur la commode. Sa flamme était la seule à éclairer les lieux, et je contemplai la princesse dans ce clair-obscur telle une peinture. Elle n'apparaissait plus faite de chair et de sang mais d'huile. Elle tricotait si lentement à cause de ses doigts gercés qu'elle ne semblait faire aucun mouvement. Son doux visage, penché sur son ouvrage, n'appartenait plus à ce monde. Confiné dans cette tour, caché des regards, il se laissait oublier, et il oubliait lui-même les regards, la brise du matin, l'éclaircie des printemps, les sourires, ceux des autres, les siens. J'ignore quelle audace me saisit alors. Le cœur battant, je fis un pas en avant et m'adressai à elle. La témérité n'est sans doute pas un aveu d'orgueil, mais une prouesse du cœur.

– Souhaitez-vous, mademoiselle, que nous fassions accorder votre piano ? lui demandai-je.

Un long silence suivit ma question. Le mutisme de la princesse perdurait, personne n'avait entendu sa voix depuis des mois… Je me sentis si embarrassé que je m'empressai de tourner les talons et de quitter la pièce. Je m'apprêtais à franchir le pas de sa porte lorsque j'entendis un murmure dans mon dos.

– Merci, m-monsieur, mais ce p-piano n'est p-pas à m-moi. C'est celui de la r-reine… Je n'y ai p-pas touché, et je n'y toucherai p-pas, confia-t-elle.

Je fus stupéfait de découvrir que le silence et la réclusion l'avaient dépossédée d'un tout autre bien : le langage. La prisonnière venait d'articuler péniblement sa réponse, peinant à prononcer chaque mot, et je ne pus croire que cette jeune fille, jadis éloquente, s'exprimait désormais avec autant de difficulté que les bègues. J'osai me retourner vers elle. De ma position sur le seuil, elle n'était plus qu'une silhouette reculée dans l'ombre, semblable aux spectres qui habitent un lieu discrètement, sans un bruit. Quand bien même je ne pouvais distinguer son visage, j'étais certain de deviner son regard, intense et suppliant, si bien que j'en vins presque à regretter de l'abandonner ici, dans cette vaste et froide cellule, sans même la flamme d'une bougie pour lui tenir compagnie. Mon émoi ne dura point, car je me remémorai ma promesse envers l'homme que désormais je nommerai F., celle d'achever notre Révolution, ici, au Temple, où croupissaient les derniers héritiers de la monarchie… Un violent vertige me saisit et je quittai brusquement l'appartement, livrant la prisonnière à l'obscurité.

Joseph H.

Lettre du 1er avril 1796

Ma tendre tante,

Vous savoir souffrante ces jours-ci me peine. Sans doute l'air du Vexin vous ferait-il du bien, celui de Paris n'est sain ni pour le corps, ni pour l'esprit. Ces dernières semaines, j'ai pris l'habitude de quitter ma chambre aux aurores et d'aller me promener hors du village. La campagne est une maison, et chaque matin je m'en vais pousser sa porte sans bruit. Je rencontre ses parfums boisés, piquants et musqués, sa brise pure et gelée qui couvre mon visage de baisers vifs et mordants. Au-delà des champs embrumés, je contemple ses tapisseries raffinées, brodées de collines, de forêts, de rochers de calcaire et de plaines gelées. Je vois les premières lueurs affleurer derrière un coteau et chasser ses habitants discrets, une biche, des chevreuils, un couple de renards, une harde de sangliers. Seuls demeurent les rapaces, buses, faucons ou éperviers qui survolent en silence la Seine et rasent les premiers rayons froids qui sacrent la vallée. À ces moments, j'ai la plus fervente certitude que la princesse va m'apparaître. Oui, je me persuade qu'elle s'est enfuie de l'Autriche et qu'elle traverse dorénavant les campagnes de la France à pied, anonymement, sans escorte, en quête d'un asile où l'on ne la cherchera pas. Ce fol espoir emballe mon cœur, je guette les alentours, je sursaute au moindre écho qui s'élève au loin. Je songe que des coïncidences plus étonnantes surviennent chaque jour. Je songe aux événements que j'ai vécus, dignes des romans les plus audacieux. Je songe également que l'homme n'est jamais insensé lorsqu'il croit… Ainsi, au milieu des champs, je l'espère, je la prie, je l'attends, jusqu'au moment où, inexorablement, le clocher de l'église me rappelle au village. Alors je reviens à regret sur mes pas, quittant cette maison vierge pour m'en aller retrouver, auprès de mon maître horloger, le temps mesuré et fini des hommes…

D'ailleurs, je vous laisse, il est l'heure pour moi de descendre à l'atelier, monsieur Meunier ne tolère aucun retard…

Votre neveu qui vous chérit,
Joseph H.

Lettre du 7 avril 1796

Chère Céleste,

Plusieurs semaines s'écoulèrent après mon tête-à-tête avec F., durant lesquelles je le rencontrai régulièrement dans la tour. Faute de trouver un moment suffisamment sûr pour nous parler à nouveau, nos échanges se limitaient à de simples regards. Il me suffisait de croiser ses yeux, même brièvement, pour percevoir sa détermination, et surtout son impatience, à commettre notre méfait. Je suffoquais en sa présence, sans que cet homme mît ses mains autour de mon cou, si bien que j'étais contraint de m'éloigner, voire de changer d'étage, afin de recouvrer mon souffle. Je n'étais pas seulement complice, j'étais à présent criminel, mon « oui » était déjà mon crime, et je n'avais désormais plus la possibilité de renoncer... C'est alors que, tel un geste de la Providence, le 9 Thermidor* vint atermoyer notre projet...

*

Le lendemain de la mort de Robespierre, nous reçûmes la visite de Barras**, désireux de connaître les conditions de détention du fils du roi. Sitôt que nous lui ouvrîmes la porte de l'appartement où le petit Capet était enfermé, l'odeur nauséabonde qui s'en échappa le contraignit à reculer d'un pas et à s'appuyer au mur. Nous autres municipaux étions si accoutumés à cette infamie, que la Commune feignait d'ignorer depuis des mois, que nous nous étonnâmes de la réaction épouvantée de notre visiteur. Il pénétra dans l'appartement avec le même effarement que s'il s'enfonçait dans les égouts de Paris, blêmissant à

---

* Le 27 juillet 1794 marqua la chute de Robespierre (qui fut guillotiné dès le lendemain), entraînant la fin de la Terreur et de son gouvernement révolutionnaire.

** Paul Barras, commandant général de la force armée de Paris.

chaque pas, se faisant violence pour ne pas s'évanouir. Il finit par découvrir, recroquevillé à même le sol, l'enfant sans voix, sans pensée, sans désir. Il s'agenouilla et constata d'abord, sur le cou du garçon, les plaies purulentes où s'étaient collés ses cheveux longs et sales. Il remarqua ensuite, progressivement, ses membres émaciés, sa peau rongée par la vermine, son ventre enflé par la faim, les tumeurs sur ses genoux ainsi que sur ses poignets, et j'en passe... Sidéré, Barras contempla le prisonnier à ses pieds, avec l'air de se demander par quelle fortune ce petit corps en putréfaction respirait encore...

*

La prison du Temple connut alors les bouleversements les plus significatifs depuis l'arrivée des prisonniers. À la suite de sa visite, Barras fit nommer un gardien permanent au service des enfants royaux, tandis que des délégations venaient à leur tour constater l'état déplorable du petit détenu. Il nous fallut réviser l'indifférence, voire la négligence, à laquelle la Commune nous avait obligés jusqu'ici, et nous accoutumer à de nouvelles mesures en faveur du bien-être et de la dignité des enfants du roi (quand bien même toute démonstration de sympathie nous était toujours interdite). Ces ordres inédits ne surent qu'amplifier la confusion, ajoutant à notre lassitude. Certains gardes en conçurent même un sentiment d'outrage sans précédent qui aggrava l'atmosphère d'hostilité au sein de la tour. Un soir, après le souper, F. me glissa dans la poche un papier que je dépliai quelques heures plus tard :

Cette mascarade grotesque ne saurait perdurer.
Laissons passer l'hiver.
Nous ferons notre œuvre au printemps.
Brûle ce papier.

Joseph H.

Lettre du 25 avril 1796

Chère tante,

Je me souviens du jour où nous avons nettoyé l'appartement du garçon… Nous venions d'accueillir au Temple le gardien permanent des enfants royaux, un créole prénommé Laurent*, qui avait pour mission d'assurer de bonnes conditions de détention aux jeunes prisonniers. Sur ses ordres, nous otâmes en premier lieu l'abat-jour devant sa fenêtre, laissant entrer la lumière naturelle pour la première fois en six mois. Je vous épargnerai les détails de l'incommensurable saleté que nous découvrîmes et me contenterai de vous dire que les porcs dorment dans des soues

---

* Jean-Jacques-Christophe Laurent, premier gardien des Enfants de France au Temple entre juillet 1794 et mars 1795.

plus propres… Toute la journée, nous désencrassâmes les lieux, nous remplaçâmes le matelas infesté de vermine, nous fîmes apporter des draps propres et des habits neufs. Notre grand ménage dérangea les cafards et les rats qui filèrent partout sur le carrelage, amenant certains gardes à se gratter nerveusement le soir venu… Le lendemain, Laurent donna au garçon son premier bain. L'enfant étant incapable de tenir debout, je l'assistai dans cette tâche. Plusieurs heures nous furent nécessaires pour nettoyer doucement les plaies et la crasse sur ce petit corps malingre. Alors que je soutenais avec précaution cet enfant que la Révolution ne parvenait pas à achever, celui-ci finit par lever ses grands yeux bleus vers Laurent.

– Pourquoi prenez-vous soin de moi ? l'interrogea-t-il. Je croyais que vous ne m'aimiez pas…

Oui, ma tante, malgré l'ignominieuse incurie qu'il avait endurée, la candeur de cet enfant demeurait intacte…

*

La princesse, quant à elle, se vit remettre des effets qui lui avaient été confisqués. Nous lui apportâmes un matin des bas, des chaussures et des chemises, ainsi que des allumettes pour son feu et des chandelles pour ses nuits. Debout, près de la fenêtre, les mains croisées derrière le dos, la jeune détenue nous observait, visiblement étonnée de cette charité soudaine. Tandis que je disposais des bougeoirs sur la cheminée, je me surpris à croiser son regard. Je m'attendais à la voir se détourner aussitôt, à recouvrer sa réserve habituelle… Elle persista pourtant à m'observer, semblant me confier tout un tas de pensées en silence : « Ce lieu odieux nous abîme tous. Il faut avoir du courage. Toute épreuve a une fin… » Elle me regardait, oui, avec une douceur inattendue, qui m'embarrassa plus que si elle m'eût dévisagé d'un air condescendant… C'était une douceur qui m'était inconnue, dont on ne m'avait jamais fait présent, une douceur que je lus seulement dans les livres, lointaine, fictive, inenvisageable pour les jeunes hommes comme moi dont l'avenir était voué aux armes et aux ordres. Et cette douceur m'enveloppa, me caressa, m'étreignit tout entier. L'émotion étourdissante et douloureuse que je ressentis alors, certains la nomment ravissement…

Joseph H.

Lettre du 3 mai 1796

Chère Céleste,

Je suis heureux de lire que vous vous portez mieux, puissiez-vous vous rétablir entièrement bientôt. Ici, cela a été hélas au tour de monsieur Paul-Henri Meunier de se trouver souffrant. Durant une semaine, nous avons veillé à ses besoins avec sa fille, mademoiselle Lise Meunier. Je m'aperçois que je ne l'ai encore jamais évoquée. C'est une jeune fille volubile, joyeuse et légère qui possède l'affabilité de sa campagne. Sa mère étant morte en couches, elle fut élevée par mon maître qui a cependant échoué à lui transmettre sa vocation. Préférant aux horloges les animaux, elle a passé son jeune âge à fréquenter les fermes voisines, développant un savoir-faire qui lui vaut aujourd'hui d'être sollicitée par les habitants des environs pour soigner leurs bêtes blessées ou malades. Poules, ânes, chiens, chevaux, chèvres, mademoiselle Meunier s'est même récemment occupée d'un épervier dont l'aile était cassée... Je vous laisse imaginer notre surprise, à son père et moi, lorsque nous la vîmes passer le seuil de la maison avec l'oiseau entre les mains, aussi naturellement que si elle eût ramené un chat errant ! Depuis mon arrivée à La Roche-sur-Seine, nos échanges se limitent à de simples courtoisies. Ne soyez donc pas tentée, ma chère tante, de vous faire des idées... Si mademoiselle Meunier vous paraîtrait certainement charmante, mon cœur ne vénère qu'un seul prénom depuis le Temple. Sans doute est-ce là le drame véritable de cette histoire... Voyez-vous, la mort, le sang, le crime, sont des vétilles. La tragédie de notre espèce est assurément le bonheur. Celui que j'ai éprouvé auprès de la princesse durant mes derniers mois à la tour...

Joseph H.

Lettre du 16 mai 1796

Très chère Céleste,

L'hiver au Temple s'écoula dans une relative tranquillité. Je songeais moins souvent au projet fomenté par F., jusqu'à cesser complètement de m'en préoccuper, désormais certain que son dessein n'aboutirait plus. Au début du printemps 1795, Laurent, accusé de terrorisme, fut démis de ses fonctions. Deux nouvelles recrues, prénommées Lasne et Gomin*, officièrent désormais comme gardiens des enfants royaux.

---

* Étienne Lasne, dernier gardien des Enfants de France au Temple entre mars 1795 et décembre 1795 ; Jean-Baptiste Gomin, second gardien des Enfants de France au Temple entre novembre 1794 et décembre 1795.

Un matin du début d'avril, Gomin m'invita à l'accompagner à l'étage de la princesse. C'était un gardien amène et urbain, vouvoyant les jeunes prisonniers, s'inclinant lorsqu'il les saluait, et sa déférence lui gagna leur affection et leur confiance. Je me dois d'être sincère : si la grossièreté des geôliers m'indisposait, sa grande politesse m'agaçait, car elle mettait à mal ma certitude d'être irréprochable. Parce que Gomin rendait aux enfants leur dignité, parce qu'il s'adressait à eux selon leur rang, et surtout parce qu'il encourait le risque d'être soupçonné de royalisme, il me prouvait que ma tiédeur me rendait finalement complice et que mon silence n'était pas plus noble que les injures…

Sur le seuil de l'appartement, Gomin précéda son intervention d'une révérence respectueuse.

– Votre Altesse, annonça-t-il, que diriez-vous d'une promenade ce matin ? Permission du Comité de sûreté.

La princesse nous suivit, incrédule : quoi, une sortie, après dix-sept mois de confinement total ! Nous montâmes l'escalier en colimaçon et parvînmes sur les toits de la tour. Là se trouvait un chemin de ronde où la famille royale prenait l'air au début de son emprisonnement. Entre les créneaux, des planches en bois installées à l'époque isolaient les détenus des regards extérieurs. Nous étions là depuis quelques minutes lorsqu'un municipal interpella Gomin ; ce dernier s'excusa et me laissa seul avec la princesse. C'était la première fois que j'accédais au sommet de la tour. Un ciel bleu et froid surplombait la forteresse, tandis qu'une brise humide parcourait la coursive. Au-delà de l'enceinte, la ville était calme. Nous n'entendions pour une fois ni le tocsin, ni la générale, ni les acclamations lointaines qui annonçaient les exécutions place de la Révolution.

La princesse se hasarda à faire quelques pas. Aussitôt saisie d'un vertige, elle s'appuya au rempart. J'hésitai à lui offrir mon bras, embarrassé d'être témoin de ce moment intime et délicat. Je l'observai reprendre son souffle, puis, timidement, poursuivre sa promenade, réapprivoisant l'espace, réhabituant ses sens au monde. À nouveau, elle fit une halte, leva le visage vers le soleil, puis ferma les paupières. Des couples d'hirondelles survolaient la tour. Elle semblait les écouter, tout comme elle semblait humer les parfums du printemps naissant, ces parfums familiers qui eux n'avaient pas changé. Je m'aperçus alors d'un fait remarquable : l'enfermement n'avait eu aucune emprise sur elle. Dans la pénombre et la solitude de sa cellule, la princesse avait mûri, admirablement, pareille à ces rares fleurs qui s'épanouissent à l'abri de la lumière. Sa figure tout entière avait gagné en dignité face à l'épreuve. Elle ne couvrait plus ses cheveux blonds et vaporeux hérités de l'Autriche, elle ne cherchait pas à cacher son noble maintien hérité de la France. Alors même que l'air pur et l'éclaircie l'étourdissaient, elle imposait sa présence auguste, radieuse, et il semblait évident qu'aucun événement ne serait jamais susceptible de la compromettre. Oui, cette jeune prisonnière, avant d'être une fille de roi, était une puissante volonté…

Elle revint lentement jusqu'à moi et articula péniblement la question qu'elle ne cesserait jamais de poser.

– Puis-je… être réunie… avec ma mère… ?

Mon silence la découragea d'insister, et elle se détourna d'un air las. Je demeurai sur place, aussi impénétrable que la pierre des remparts, plus austère qu'une gargouille, pétrifié par mon absence de courage…

*

Le soir venu, au détour d'un couloir désert, je me retrouvai soudain face à face avec F. À cette époque, je me persuadais encore que nos rencontres dans la tour relevaient de la coïncidence…

– Pourquoi n'as-tu rien fait ? s'empressa-t-il de me demander.

Comme je le regardais sans comprendre, ma passivité l'irrita, et il m'empoigna le bras avec une rudesse désarmante.

– Tu t'es retrouvé seul avec la princesse ce matin, n'est-ce pas ? As-tu oublié notre projet, citoyen ?

– Nullement…

– Es-tu imbécile alors ? Toute opportunité est bonne à prendre, celle-ci t'était donnée ! Et tu l'as manquée !

– Gomin allait revenir d'une minute à l'autre…

– Je ne supporte plus ces bougres de Lasne et Gomin qui rôdent partout comme des cloportes… Il nous faut agir. Renseigne-toi sur les heures de rondes pour la fille. Je m'occupe du phtisique…

Il resserra sa prise sur mon bras, et j'eus la sensation que ses doigts marquaient ma peau au fer rouge.

– Garde-toi bien de me trahir, Herbelin, me souffla-t-il.

Nous poursuivîmes nos chemins comme si nous étions deux étrangers. Mon corps entier, à ce moment, tremblait à l'image d'une feuille morte…

Joseph H.

Lettre du 26 mai 1796

Chère tante,

De ce jour, F. me surveilla plus étroitement que si j'avais moi-même été un détenu du Temple. Je le trouvais sans cesse sur mon chemin, quel que fût le moment de la journée, comme s'il connaissait parfaitement mes allées et venues dans la tour. Je l'apercevais durant la nuit, rôdant furtivement autour de ma couchette. J'ignorais parfois s'il était vraiment présent, ou si mon trouble, à force de croître, me valait désormais des visions de cet homme. Il commença à glisser des billets dans ma poche, ou directement dans ma main, dans lesquels il m'informait du déroulé du projet et s'enquérait de mes avancées : « Pas d'arme, pas de trace…, me recommandait-il ainsi. Aucune ronde entre le souper et minuit chez le fœtus capétien… Étouffons leur race comme les portées de chats errants… » Je lui répondais entre deux portes, terrorisé à l'idée que notre correspondance fût interceptée, et j'atermoyais en invoquant divers prétextes : « Rondes changeantes… Princesse souffrant du pied droit, traitement en cours par le docteur Brunier*… » Je ne comprenais plus désormais pour quelle raison j'avais consenti à cette machination. La voix qui avait prononcé ce « oui », quelques mois auparavant, n'était plus la mienne aujourd'hui. Certains jours, il me semblait même ne plus reconnaître mes mains. Je devenais étranger à moi-même, un fragment de mon être s'effritait, révélant une peau qui m'était inconnue, laissant surgir des pensées nouvelles, ouvrant mon cœur à des émois insoupçonnés. Le Temple semblait promettre ma perte, je ne pouvais alors concevoir qu'il m'était une naissance… Conscient que je ne pourrais repousser indéfiniment les demandes toujours plus insistantes de F., je songeai à le dénoncer auprès du Comité de sûreté ; cependant son arrestation eût immanquablement entraîné la mienne. J'envisageai de renoncer au projet, mais c'eût été lui qui aussitôt m'eût livré comme assassin. Je voulus enfin m'enfuir du

* Pierre-Édouard Brunier, médecin des Enfants de France.

Temple, mais ce lieu inexpugnable ne permettait à personne d'y entrer, et encore moins d'en sortir. Chaque issue, en somme, conduisait inexorablement à ma chute…

Joseph H.

Lettre du 30 mai 1796

Ma tante,

Me revient en mémoire un incident, lorsque j'étais enfant, dont vous ne fûtes jamais au courant… Soucieux de vous épargner du tourment, mon oncle se garda de vous en informer à l'époque. Quant à moi, l'embarras me le fit oublier, jusqu'à aujourd'hui. Je puis vous l'avouer désormais. Vous m'admonesterez autant que vous le souhaiterez par écrit…

Cet après-midi-là (je devais avoir environ douze ans), en votre absence, je refusai de poursuivre ma leçon de mathématiques tant que mon oncle ne me révélerait pas l'identité de ma mère. Mon ressentiment ne s'apaisait point. J'eusse tout accepté de sa part, sa rigueur, son exigence, son austérité même, s'il eût seulement daigné m'avouer la vérité ! Son obstination au secret était, à mes yeux, le choix le plus cruel dans son éducation. Dans un élan de fureur, je bondis de ma chaise et m'élançai hors du foyer. Je courus dans les rues, longtemps, jusqu'à ce que je ne reconnusse plus le faubourg. Je m'assis contre une porte charretière et regardai alors défiler les chevaux, les carrioles, les marchands, les charpentiers, les blanchisseuses, les mendiants, les femmes de petite vertu… L'une d'entre elles m'adressa un sourire si affectueux que je me demandai soudain si elle n'était pas ma mère. C'est à ce moment qu'une canne me heurta la jambe.

– Lève-toi donc, gredin ! entendis-je.

Jamais je n'avais encore éprouvé une frayeur aussi intense lorsque ce commissaire m'empoigna par le col. J'eus assez de présence d'esprit pour mentionner que mon oncle était le médecin Charles Herbelin, et assez de chance pour que cet agent le connût. Il me raccompagna, et votre mari, estimant que mes larmes et ma honte seraient une sanction suffisante, me laissa aller me coucher. Nous n'en reparlâmes jamais, et je ne fuguai plus. Je continuai néanmoins à songer à cette inconnue qui m'avait souri dans la rue, elle dont les hommes réprouvaient le vice en public mais venaient la trouver en secret… Peu à peu, mon jeune esprit s'emballa, multiplia les hypothèses, pour en venir à la conclusion que seul le déshonneur pouvait contraindre mon oncle au silence… En somme, si ma mère, sa sœur, reposait dans un cimetière, rien ne justifiait de me le dissimuler. La mort n'est en aucun cas répréhensible. Ce n'est ni une faute, ni une honte. En outre, celle-ci s'enseigne naturellement aux enfants, qui la tolèrent souvent plus aisément que les adultes… Dès lors, je n'en doutai plus : ce n'était pas le trépas de sa sœur que mon oncle taisait, mais son péché…

Joseph H.

Lettre du 3 juin 1796

Très chère tante,

Pour répondre à votre question, je ne songe pas revenir à Paris un jour. Cette ville est dorénavant pour moi un cimetière, où errent tous les fantômes de notre peuple massacré, et où gît à présent le souvenir préservé de la princesse. Nous ne quittons pas les lieux pour y revenir. D'ailleurs, nous ne quittons jamais les lieux. Nous les fuyons…

Joseph H.

Lettre du 5 juin 1796

Chère Céleste,

Au début du mois de juin, nous fûmes réveillés une nuit par une tempête si violente que nous crûmes que la tour n'y résisterait pas... À l'aube, les dommages se constatèrent partout dans le Temple : arbres déracinés, tuyaux de cheminée emportés, chutes de briques et de tuiles, etc. Aujourd'hui, un esprit un peu spirituel y verrait un présage du cruel dénouement qui s'apprêtait à survenir au Temple...

À l'étage de la princesse, la jalousie devant la fenêtre avait été arrachée, ce qui avait permis à la jeune fille de contempler le lever du jour pour la première fois depuis son emprisonnement, c'est-à-dire trois ans... Dès le matin, tandis que

Gomin veillait sur elle dans l'antichambre, nous allions et venions avec le matériel nécessaire afin d'obstruer sa fenêtre de nouveau. À la faveur de la lumière naturelle, je reconnus la tapisserie qui habillait l'un des murs : elle figurait des rangées de fleurs vertes sur un fond bleu, seul vestige du temps où la princesse, sa mère, sa tante et son frère, assignés à cet appartement, avaient eu la liberté de l'aménager à leur goût. À mesure que les prisonniers avaient été emmenés les uns après les autres, les baldaquins avaient été retirés des lits, les draps en soie remplacés par des édredons poussiéreux, les derniers ornements confisqués. Il semblait étonnant que ce papier peint n'eût pas été arraché lui aussi, achevant de déposséder cette pièce de toute empreinte royale.

Dans la chambre où nous montions la jalousie, la brise pénétrait par la fenêtre ouverte, chassant un peu l'odeur de fumée de bois qui étouffait la chambre. En relevant la tête de mon ouvrage, je crus apercevoir, au-dessus du lit où couchait la prisonnière, ce qui ressemblait à des inscriptions sur le mur. Les gardes étant occupés à pester contre la tempête de la nuit, je profitai de leur inattention pour me rapprocher discrètement de ces étranges hiéroglyphes. Je crois encore distinguer la calligraphie tremblante et laborieuse marquée dans la pierre, sans doute à l'aide de la pointe d'une aiguille, seul crayon de fortune à la disposition de la princesse. Ses confessions manuscrites n'ont jamais quitté ma mémoire :

Marie-Thérèse-Charlotte est la plus
Malheureuse personne du monde.
Elle ne peut obtenir de savoir des nouvelles
De sa mère, pas même d'être réunie à elle,
Quoiqu'elle l'ait demandé mille fois.
Vive ma bonne mère que j'aime bien
Et dont je ne peux savoir des nouvelles !

Puis, un peu plus bas :

Ô mon père, veillez sur moi
Du haut du Ciel.
Ô mon Dieu, pardonnez à ceux
Qui ont fait souffrir mes parents !*

* Écrits authentiques de Madame Royale retrouvés sur les murs de sa chambre.

Tandis que je déchiffrais ces paroles désespérées, profondément troublé de pénétrer si intimement le cœur de la princesse, un fracas retentit, et je me retrouvai subitement plongé dans la pénombre. Une nouvelle fois, la fenêtre venait d'être condamnée.

Le soir venu, je rédigeai cette note à l'intention de F. : « Je renonce. »

Joseph H.

Lettre du 7 juin 1796

Très chère tante,

Vous vous en doutez, la réponse de F. ne se fit pas attendre. La nuit même, allongé sur ma couchette, songeant à mille choses tandis que le dortoir sommeillait, j'aperçus une silhouette se détacher de l'obscurité et plonger tout à coup sur moi. Une main étouffa ma bouche, la lame d'un poignard appuya sous ma gorge, et contre mon oreille le souffle de l'homme me glaça tout entier :

– Quand on a dit oui, c'est trop tard, Herbelin... Nous avons perdu suffisamment de temps. Demain, à minuit, nous ferons notre œuvre. Je m'occuperai du garçon. Toi, de la fille. Si tu me trahis, mon surin ne t'épargnera pas cette fois-ci...

Mon agresseur se retira sans bruit, et pour la

première fois, j'implorai le Ciel de me venir en aide. À quoi m'en remettre à présent, sinon à la prière ? J'avais tenté d'ajourner ce projet de toutes les façons possibles, le temps qui m'avait été alloué était désormais épuisé. Un dernier recours s'offrait à moi, intervenir directement à la racine du mal, retourner contre F. son propre projet… Je n'avais cependant pas l'ardeur nécessaire pour attenter à la vie d'un homme. Ainsi, les deux enfants allaient périr demain à minuit, et moi avec eux…

Joseph H.

Lettre du 8 juin 1796

Ma tendre Céleste,

Dès l'aube, j'éprouvai tous les supplices de la fièvre. Les frissons, les sueurs, les douleurs, aliénèrent mes repères ; le temps devint l'éternité, le dortoir l'infini ; j'oscillai de l'éveil au sommeil, d'une conscience à une autre ; puis, frappé par de brefs moments de clarté, je me rappelais brusquement ce qui devait advenir ce soir à minuit. J'ouvrais alors les paupières, je tentais d'appeler quelqu'un, avant de basculer à nouveau et replonger dans le délire, ou plus précisément, dans mes souvenirs. Oui, durant ce sommeil affreux, je revisitai le palais des Tuileries, ses cadavres démembrés, décapités, dépouillés de leur chair. Je revis la reine sur l'échafaud, debout, sans tête, sa robe blanche comme un linceul, poupée disloquée par des mains d'enfants.

Je courus retrouver la foule autour de l'ancienne amie de la reine, la princesse de Lamballe, j'applaudis son martyre, son corps dénudé en pleine rue, battu sur le pavé, lardé, mutilé, profané jusque dans son intimité. Je longeai les charniers, trébuchai sur des mourants, glissai sur les rigoles de sang, encore et encore. Et lorsque j'ouvrais les paupières, la peau brûlante, les veines glacées, je comprenais que mes cauchemars, jusqu'à la fin de mes jours, seraient faits de cette mémoire…

Lorsqu'une main se posa sur mon épaule, je sursautai comme si tous mes sens fussent ravivés.

– Citoyen, es-tu souffrant ? entendis-je.

Au pied de mon lit, j'aperçus Gomin. Son visage était blême et catastrophé, et je crus d'abord qu'il s'inquiétait de mon état.

– Je m'étais assoupi, répondis-je.

– Lève-toi alors, dit-il en me tendant une enveloppe, prends cette lettre et va chercher l'officier de santé Pelletan. C'est au sujet du fils du roi.

Mon sang ne fit qu'un tour, je me persuadai que le pire était arrivé, et je m'emparai de son bras avec une panique non dissimulée.

– Qu'est-il arrivé ? m'écriai-je, c'est F., c'est cela ?

– De quoi parles-tu ? L'enfant est au plus mal, Lasne le veille depuis deux heures. Va maintenant. Le temps presse.

Sur ses ordres, je me hâtai de quitter le Temple. J'ignorais si j'étais retombé dans le sommeil, si je courais dans un rêve ou vraiment dans la ville. J'aperçus derrière moi cette tour maudite, mes pieds heurtaient le pavé, j'étais bien dehors. J'avais la possibilité de m'enfuir, de recouvrer ma liberté, de disparaître dans la nuit pour toujours… Je poursuivis ma course pourtant, décidé à aller chercher de l'aide, à sauver le fils du roi… J'apprendrais plus tard les détails de cette malheureuse soirée. Dès la tombée de la nuit, le petit prisonnier avait été saisi de violents vomissements. Lasne et Gomin avaient décidé de prévenir l'officier de santé puis, en attendant sa venue, avaient veillé sur l'enfant. Personne ne l'avait approché cette nuit-là. Le projet de F. avait échoué. La Providence avait déjà décidé du sort du garçon. Ce sort que vous apprîtes comme chacun ce 8 juin 1795, il y a un an jour pour jour… Cette date, condamnée aux oubliettes de l'Histoire, constitua pour moi la preuve que la Révolution avait failli à acquérir la moindre noblesse.

Lorsque les officiers de santé Pelletan et Dumangin arrivèrent le lendemain matin seulement, ils se trouvèrent démunis face à l'agonie du garçon commencée la veille. Les vieillards jouissent au moins d'une mort paisible. Sans cri, sans lutte, ils rendent leur dernier souffle durant leur sommeil, dans le lit où ils ont dormi toute leur vie, où leurs enfants puis leurs petits-enfants sont venus les embrasser mille et une fois. Au contraire, le trépas d'un enfant, contre nature, ne peut advenir que dans le supplice, le corps et la mort se livrant une bataille atroce, suprême, interminable… Nous regardâmes le garçon souffrir les plus vives douleurs, se tordre avec violence, tandis que la vie l'abandonnait lentement. Il ne pleura jamais, les larmes appartiennent aux vivants. Seuls des râles quittaient sa bouche, telle une bête blessée qui implore désespérément d'être achevée. Son agonie était si effroyable que Gomin s'en alla demander une infirmière au Comité de sûreté, tandis que Lasne, dont l'impuissance aggravait la détresse, tenta d'adoucir ce calvaire en prenant le moribond dans ses bras et en le berçant doucement. Si jusqu'ici j'avais conservé mon sang-froid, cette étreinte entre l'enfant et son geôlier me causa une tristesse indicible que je réprimai tant bien que mal. J'en vins à me représenter celui que fut ce petit prisonnier jadis, un garçon blond et svelte, aussi adorable que sa sœur aînée, plus charmant que sa mère, studieux comme son père. J'imaginai tous ceux qui, à la cour de Versailles, avaient été émus par sa candeur, son teint pur, sa fossette au menton et sa petite cicatrice à la lèvre, laissée par la morsure d'un lapin que le jeune prince avait cajolé trop affectueusement dans les jardins du Trianon. Je l'imaginai se blottir contre sa mère, enlacer son corset, embrasser ses mains douces et poudrées, s'amuser à se cacher dans les larges plis de sa robe. Il avait connu ces douceurs instinctives, ces baisers parfumés, la plénitude de ces étreintes maternelles, ainsi que le mystère de cette figure sacrée qu'il avait adorée. Moi qui ignorais ces tendresses, j'avais au moins la fortune de n'en avoir jamais été séparé…

Dans les bras de son gardien, l'enfant sembla se détendre. Ses crises s'espacèrent, ses râles s'atténuèrent. Sa respiration s'apaisa jusqu'à devenir silencieuse. C'était là l'ultime remède des souffrants, la seule promesse d'un soulagement inaltérable. Le fils du roi, une dernière fois consolé, venait d'expirer. Au même instant, sur le seuil de la chambre, j'étouffai un brusque sanglot.

Joseph H.

Lettre du 14 juin 1796

Chère Céleste,

Encore aujourd'hui, je peine à concevoir mon entière innocence dans la mort de cet enfant. Vous me répondrez que des mois de négligence avaient engendré le mal qui l'emporta, et vous aurez raison. Hélas, les faits sont rarement persuasifs lorsque la culpabilité nous tient… Car, en somme, notre vœu funeste avec F. n'avait-il pas été exaucé ? Le dernier de la race des Capet n'avait-il pas péri au jour que nous avions prévu ? Si nous avions failli à devenir ses bourreaux, j'ai la certitude que nous avions été les instigateurs de son misérable sort. Nous avions invoqué la Mort, et elle s'était chargée de frapper le garçon à notre place. Oui, l'intention suffit avant l'action… Vous m'enseignâtes jadis que le Ciel exauce toujours nos prières ; je crois dans notre cas que notre dessein fut plutôt entendu par l'Enfer…

Joseph H.

P.S. : Veuillez me pardonner si des marques d'émotion interfèrent parfois avec mon récit. Raconter le Temple exige un courage dont je ne suis pas toujours à la hauteur…

Lettre du 24 juin 1796

Ma chère Céleste,

Vous vous remémorez certainement l'émoi, mais aussi l'indignation, que suscita dans le pays la mort dramatique du fils du roi. Cet événement conduisit même les plus fervents soutiens de la Révolution à remettre en question la légitimité de la détention de sa sœur. Dans l'effort d'apaiser l'opinion publique, le Comité de sûreté générale initia aussitôt une série de mesures en sa faveur, la première consistant à placer auprès d'elle une dame de compagnie. Le choix se porta sur Renée Hillaire de Chanterenne* : âgée d'une trentaine d'années, fille d'un

* Renée Élisabeth Madeleine Hillaire de Chanterenne (1762-1838), dame de compagnie de Madame Royale à la tour du Temple du 20 juin au 18 décembre 1795.

armateur et ancien Trésorier général du gouvernement français à Québec, et épouse d'un jeune veuf, elle fut retenue pour sa réputation aussi louable que son instruction, mais aussi pour son absence de sympathie avérée envers la famille royale. C'est ainsi que, le 20 juin 1795, nous accueillîmes cette nouvelle venue dans l'enceinte du Temple. Elle était coiffée d'un chapeau noir, ses cheveux poudrés et bouclés tombaient sur ses épaules, et sa tenue exprimait la sobriété de son caractère. Aussi élégante que déférente, elle paraissait profondément intimidée de se retrouver en ces lieux. Imaginez-vous cette femme pénétrer dans la prison la plus connue de Paris et faire face à des patrouilles d'hommes par dizaines ! Les municipaux s'amusèrent beaucoup de sa pudeur embarrassée, tandis que Madame de Chanterenne faisait de son mieux pour garder contenance… Nous la conduisîmes au troisième étage, où la princesse ignorait notre visite (tout comme elle ignorait encore la mort de son jeune frère). Lorsqu'elle aperçut cette dame apprêtée sur le seuil de son appartement, sa surprise fut sans pareille, avant d'atteindre son comble lorsque Madame de Chanterenne, impuissante à retenir son émotion, fondit en larmes et tomba à genoux devant celle qu'elle ne pouvait honnêtement considérer comme une simple citoyenne.

*

Dans le même temps, le Comité procura à la princesse toutes les fournitures nécessaires à la reprise de son instruction. Elle reçut du papier, des crayons, de l'encre, ainsi que les livres qu'elle désira, les *Entretiens sur la pluralité des mondes* de Fontenelle et l'*Histoire de France* de l'abbé Velly. Des vêtements à sa taille lui furent livrés, car elle avait grandi et peinait désormais à faire usage des robes qui dataient de son entrée au Temple. Aux côtés de Madame de Chanterenne, elle se remit ainsi à l'écriture, étudia le français et l'histoire, travailla son élocution affectée par les longs mois de mutisme. Je l'observai de jour en jour recouvrer sa curiosité et son appétence du savoir, mais aussi regagner en confiance à mesure que sa diction s'améliorait. Lorsque, au détour d'une visite, je rencontrais son regard, je ne pouvais qu'être impressionné par son éclat nouveau, triomphant... Durant ces trois dernières années, nous lui avions ôté ses proches, la lumière du jour, ses lectures, ses allumettes, sa dignité, mais, au lieu de la vaincre, ces brimades n'avaient su qu'accroître sa résilience, désormais aussi intense et redoutable qu'un canon. Sans doute devrions-nous craindre ceux que l'épreuve n'anéantit point…

Joseph H.

Lettre du 29 juin 1796

Chère tante,

Point d'orgue des nouvelles mesures au sein du Temple, les promenades dans les jardins furent rétablies. Ce premier jour d'été, la princesse sortit appuyée au bras de Madame de Chanterenne, tandis que Gomin et moi les suivions à distance. Je me souviens du ciel couvert, étouffant et humide. Du sable moite sous nos pas. Des cris rauques des corbeaux, du froissement des robes des deux femmes. Nous traversâmes les allées d'arbres fruitiers, humâmes leurs parfums amers et sucrés, admirâmes leurs guirlandes de pommes et de poires prêtes à être cueillies. Dépassant ce verger, nous remontâmes le long du carré potager où un jardinier binait la terre ; sitôt qu'il reconnut la princesse, il ôta son chapeau et s'inclina respectueusement ; nous contournâmes la grande tour et marchâmes sous les frondaisons de hêtres, de marronniers et d'érables. Quelques gouttes de pluie tombaient, nous ne nous en préoccupions pas. Nous avions même cessé de songer aux remparts qui nous séparaient du monde, à la forteresse écrasante au-dessus de nos têtes, aux gardes qui patrouillaient le long de l'enceinte. À cet instant, nous nous promenions dans un véritable domaine, inconnu du monde, à l'abri de toute menace, où aucun souvenir ne pouvait plus nous parvenir et où nous n'étions plus concernés par l'avenir…

La princesse marchait lentement, elle dont les pas s'étaient limités à sa cellule depuis près de trois ans. Elle semblait réapprivoiser chaque chose, la sensation de la terre sous ses pieds, la lumière du jour, la chaleur de l'orage, la compagnie d'une femme à son côté… Lorsqu'elle se retourna vers nous, je lui trouvai une mine enchantée, quoiqu'un peu fatiguée, semblable aux souffrants qui sortent d'une longue convalescence et dont les sens sont soudain ravivés par la première brise… À Gomin, en qui elle avait toute confiance, elle adressa un signe de tête en guise de reconnaissance. Puis, à moi qu'elle ne semblait plus craindre, elle sourit avec amitié. Et son sourire me fit l'effet d'une caresse au cœur…

Joseph H.

P.S. : Depuis la mort du fils du roi, F. ne m'adressait plus la parole, il évitait même de croiser mon regard… Sans doute était-il vexé que son projet n'eût pu aboutir envers la fille du roi. À présent que celle-ci était accompagnée jour et nuit, il comprenait que l'occasion d'anéantir la monarchie ne se présenterait plus. Résigné, il m'ignorait désormais complètement, me laissant croire, à tort, que je n'aurais plus affaire à lui…

Lettre du 2 juillet 1796

Ma tante,

Les semaines qui suivirent furent les plus douces de mon existence. J'attendais désormais nos promenades sans plus me soucier d'autre chose. Je cessai de maudire le Temple, ses entrailles lugubres, la pénombre de son âme, ses murmures hostiles. L'idée de m'évader m'abandonna complètement. J'en vins même à redouter que le Comité de sûreté, dans un souci de réduire le nombre d'hommes affectés à la prison du Temple, ne mît un terme à ma mission. Voyez comme l'on oublie tout désir lorsqu'un prénom fait battre notre cœur ! La perspective de revoir la princesse suffisait à mes jours. Et sa présence, à ma joie. Je surveillais les heures qui me rapprochaient d'elle, exécutant les ordres et patrouillant machinalement dans la tour. Le moment venu, je m'en allais la retrouver dans une quiétude heureuse. Accompagné de Gomin, je les conduisais, elle et Madame de Chanterenne, dans les jardins, où débutait alors notre harmonie tranquille. La princesse se promenait gaiement, tantôt complimentant le jardinier sur ses arbres fruitiers, tantôt s'adressant aux gardiens avec une courtoisie désarmante. Lorsqu'elle demandait la permission de peindre, nous descendions son chevalet et l'installions à l'ombre d'un chêne. Durant plusieurs heures, elle se distrayait ainsi, concentrée sur sa toile, hésitant entre deux huiles, déplaçant son pinceau avec délicatesse. Elle suspendait parfois son geste, se laissait aller à une rêverie ou au recueillement, et alors son visage paraissait plus radieux, plus épanoui encore que la veille… À ces instants, elle était une jeune fille qui peignait, charmante, heureuse, elle-même semblable à un tableau. À la contempler, j'éprouvais à mon tour un enchantement grisant, auquel se mêlait le regret qu'elle et moi ne fussions pas nés dans un autre pays, à une autre époque, et surtout que nous n'eussions pas porté d'autres noms. Désormais, ce que les circonstances comportaient de plus cruel à mes yeux, c'était l'impossibilité de pouvoir un jour lui demander sa main…

Joseph H.

Lettre du 10 juillet 1796

Ma chère Céleste,

Vous jugez surprenant que je mentionne ensemble les mots d'enchantement et de prison, dans ma dernière lettre. J'ai bien conscience que cette alliance peut paraître malséante ! Ces deux termes ne sont pourtant pas incompatibles. Je crois même que l'un est indispensable à l'autre. Voyez-vous, la grâce n'est faite que de la glaise du désespoir. À la source des plus surprenants bonheurs se trouve immanquablement le malheur. Parce que le Temple était sinistre et cruel, mes promenades en compagnie de la princesse étaient une féerie. Parce que le mal nous guettait à chaque pas, chacune de mes joies prenait le visage de l'extase. Et parce que la moindre faute promettait la mort, je n'éprouvai jamais si pleinement le privilège des crépuscules… Oui, j'ai la certitude aujourd'hui que les plus grandes félicités ne peuvent survenir que dans les royaumes d'infortune.

Joseph H.

Lettre du 12 juillet 1796

Très chère tante,

L'épreuve de la vérité incomba à Madame de Chanterenne, près d'un mois après son arrivée au Temple. Je parle de la vérité que la princesse n'avait jamais cessé de réclamer, et que nous n'avions jamais cessé de lui refuser. Cette même vérité que je vous demandai moi-même toute mon enfance…

Je raccompagnais ce soir-là les deux femmes à leur appartement. La princesse remontait l'escalier en étreignant le bras de Madame de Chanterenne, qu'elle surnommait désormais affectueusement Renète. Sa méfiance initiale à présent dissipée, elle aimait tendrement sa dame de compagnie, telle l'amie qu'elle n'espérait plus, telle une terre aride sur laquelle la pluie tombait de nouveau. En sa présence, elle oubliait la Révolution, le froid de sa cellule, le destin de son père, elle faisait fi du cynisme des gardiens, des maigres repas, de l'avenir incertain… Madame de Chanterenne, qui lui était il y a un mois encore inconnue, lui était devenue indispensable à toute heure, tant et si bien que le jour où elle s'absenta pour aller visiter sa sœur, la princesse sombra dans un désarroi sans pareil jusqu'à son retour. À constater cette renaissance par l'amitié, j'en vins à me demander si la compagnie de nos semblables n'était pas notre seul salut à tous…

Je m'apprêtais donc à refermer la porte, ce soir-là, lorsque, dans l'appartement, la princesse demanda des nouvelles de sa mère. Un silence s'ensuivit, qui m'étonna, car Madame de Chanterenne avait pour habitude d'avancer les excuses qui lui avaient été recommandées par le Comité de sûreté – « Cette information ne relève pas de ma responsabilité… Je regrette de ne pouvoir satisfaire à votre demande… » Cette fois pourtant, elle se garda de parler. Je maintins la porte entrebâillée, attendant sa réponse, et il me sembla percevoir tous les tourments qui tenaillaient la conscience de cette femme amène et honnête.

– Madame n'a plus de parents, finit-elle par avouer à la princesse.

Elle avait parlé d'un seul souffle, épuisée d'avoir, malgré elle, porté jusqu'ici le poids de ce secret. Un nouveau silence, grave et stupéfait, tomba. Je me sentis moi-même assommé par cet aveu. Si je connaissais la vérité, l'entendre à voix haute l'imposa pour la première fois à ma conscience. Tout à coup, je me sentis indigne de cette confession et me demandai comment refermer la porte sans trahir ma présence…

– Et mon frère ? murmura enfin la princesse.

– Plus de frère, confessa Madame de Chanterenne.

– Et ma tante ?

– Plus de tante.

– Quoi ? Ma tante aussi ? s'écria-t-elle.

Alors, ses lourds sanglots parvinrent jusqu'à moi et m'empoignèrent le cœur de la plus terrible façon… Je refermai délicatement le verrou, mon indiscrétion ayant suffisamment duré, avant de quitter cet étage où le deuil venait de supplanter la stupeur.

Car la vérité est un deuil, ma tante. Le mensonge, au fond, est inoffensif. La vérité est dévastatrice. Comme l'incendie ravage un foyer, elle peut nous anéantir complètement, réduire l'ensemble de ce que nous avons bâti, nos espérances, nos fables, nos dénis, à un gigantesque tapis de cendres. Ce drame, néanmoins, nous est nécessaire. Oui, il nous faut brûler pour devenir entiers, passer par les flammes pour atteindre le salut ! Ma tante, comprenez-moi… Je vous demande le bûcher plutôt que le néant, le supplice par le feu plutôt que l'ignorance ! Accordez-moi la même faveur que la princesse. Accordez-moi ce deuil. Le Ciel ne vous punira point de trahir votre époux. Vous avez suffisamment protégé son secret, daignez à présent exaucer mon souhait ! Ma tante, je vous implore une dernière fois, je ne vous le demanderai plus. Ces suppliques, depuis tant d'années, ont achevé de m'épuiser. Aucun homme ne peut indéfiniment porter son espérance. Alors, de grâce, mon honorable, ma fidèle Céleste, acceptez enfin de me confesser la vérité sur ma mère !

Votre neveu reconnaissant,
Joseph H.

Lettre du 26 juillet 1796

Ma tante,

Votre courrier m'est parvenu hier. Si je l'attendais ces derniers jours avec une impatience anxieuse, je n'osai cependant l'ouvrir jusqu'à ce soir. Comme nous reculons soudainement face à la survenue des choses que nous espérions tant ! Nous redoutons toujours de confronter nos attentes avec le réel… J'osai donc lire votre missive en début de soirée. Votre loyauté envers votre mari vous fait certainement honneur. J'ai au moins la confiance que mes lettres, elles aussi, demeureront votre secret jusque dans votre tombe… Je ne puis cependant décrire le chagrin que me cause votre refus à me renseigner sur ma mère. Je m'interroge sur vos raisons, et j'en viens à songer que ni la ressemblance ni le serment ne vous obligent finalement envers moi : quand bien même vous m'élevâtes avec respect, je ne suis néanmoins pas fait de votre chair, nous ne saignons pas le même sang ; et, contrairement à votre époux, vous ne me fîtes aucune promesse devant Dieu. Peut-être est-ce le sort de tout orphelin qui a été recueilli : il ne peut avoir droit à la fois au foyer et à la vérité… Soyez tranquille, vous n'aurez plus à souffrir cette question, ni vous, ni mon oncle, ni aucune de vos sœurs. L'identité de ma mère me sera toujours inconnue, j'en fais ma croix.

Je n'ai pas le cœur de poursuivre. Vous n'aurez, de toute manière, bientôt plus à me lire, mon récit approche de sa fin…

Joseph H.

Lettre du 1er août 1796

Chère tante,

Ce jour-là, tandis que Madame de Chanterenne visitait son époux et que Gomin s'était rendu au Comité de sûreté, je surveillais seul la princesse dans les jardins. À vrai dire, seuls, nous ne l'étions pas exactement : des dizaines de gardes patrouillaient le long de l'enceinte et jetaient de fréquents coups d'œil en notre direction, suspectant la prisonnière de fomenter à tout instant son évasion, de corrompre un garde pour en faire un complice, ou de tenter d'entrer en correspondance avec son oncle, le frère cadet de son père, exilé à l'étranger, et qui ambitionnait de reconquérir le trône...

À l'ombre d'un arbre fruitier, la princesse peignait. Elle se penchait de temps à autre vers le chien qui somnolait à ses pieds, un petit épagneul roux du nom de Coco, offert par Gomin, et le caressait avec la même affection pure qu'un enfant. Non loin, une chèvre (je ne me souviens plus qu'elle eût un nom), présent de Madame de Chanterenne, paissait tranquillement les herbes folles. Je me tenais quant à moi appuyé contre un arbre. La brise apportait son agréable tiédeur d'été. Les feuillages alentour frémissaient, me rappelant mon enfance, les plages normandes que nous parcourions vous et moi, les frissons des galets lorsque la mer venait les lécher. Les chants flûtés des hirondelles s'entremêlaient aux cris des mouettes, le frottement du pinceau sur la toile au son des galets sous nos pas, le zéphyr sur mes mains soufflait tantôt le présent, tantôt le souvenir… Je demeurais là, à quelques pas de la princesse, m'égarant entre la contemplation et la rêverie, sans me douter que cet instant était le dernier que je passais à ses côtés…

– Voulez-vous bien approcher, monsieur ? entendis-je.

Je me tournai vers la princesse : elle peignait, l'air concentré, ne se souciant ni de ma présence, ni de celle des gardes qui passaient au loin. Je songeai que je m'étais assoupi debout et que sa voix venait désormais chanter dans mes songes… C'est alors que je la vis s'incliner vers Coco et me regarder soudain droit dans les yeux ; d'un discret signe de tête, elle m'invita à venir ; puis, très naturellement, elle reprit place face à sa toile. Les gardes ne nous quittaient pas des yeux.

– Ne vous compromettez pas, me souffla-t-elle, prétendez que vous venez caresser Coco.

Imaginez mon trouble d'être ainsi sollicité par la princesse ! Mon émoi l'emporta sur ma crainte. Je vins m'accroupir auprès du jeune chien et le caressai. Désormais, elle et moi fûmes si proches que je remarquai que mon épaule touchait sa robe. Je n'osai plus faire un mouvement. Le chien léchait mes doigts et je ne le sentais pas. Les gardes nous surveillaient, je ne les voyais plus. Aux pieds de la captive, je regardais nos deux habits qui se frôlaient, la toile de coton de sa robe contre le cuir de mon épaulette, nos peaux presque perceptibles sous ces pièces de tissus. Une vague de chaleur me submergea tout entier. La princesse était la première femme que je côtoyais d'aussi près…

– Renète ne sera pas de retour avant demain, me confia-t-elle. Je crains que des gardes ne reviennent fouiller ma chambre cette nuit. J'aurais souhaité que vous conserviez ceci.

Elle retira discrètement de sa manche une feuille pliée en deux que je me hâtai de cacher à l'intérieur de ma veste. Je me relevai et m'éloignai de quelques pas, lorsque j'entendis de nouveau sa douce voix dans mon dos.

– Vous avez ma confiance, monsieur, ajouta-t-elle.

Alors, contre mon cœur, le papier qu'elle m'avait confié me sembla fait de feu et sur le point d'embraser ma poitrine…

Certains instants basculent aussi brusquement que le soir tombe en hiver. Mon quotidien était devenu si enchanteur que j'en avais oublié les périls du Temple. J'avais négligé mon pacte passé avec F., j'avais abandonné toute vigilance et toute suspicion… Il n'est permis à l'homme de rêver que durant un laps de temps restreint. La réalité que j'avais délaissée vint me rattraper le soir même, juste après avoir raccompagné la princesse à son appartement – la dernière fois qu'il me fut possible de le faire. En redescendant l'escalier, je découvris F. qui m'attendait au pied des marches. La lueur de son flambeau éclairait son sourire satisfait.

– Alors, Herbelin, me lança-t-il, on échange des billets avec la fille du roi ?

La flamme vacillait, déformant son visage à mesure que je le regardais. Elle tordait son sourire, étalait sur sa face odieuse sa barbe noire, révélait ses crimes sur sa peau tels des stigmates. Il m'inspira un dégoût tel que je me demandai comment j'avais pu donner ma parole à cette créature du mal.

– J'ai fait parvenir un rapport au Comité de sûreté, ajouta-t-il. Tu auras sûrement de la visite ces prochains jours.

– J'ignore de quoi tu parles, répondis-je.

Tandis que je tentais de descendre, il s'interposa et m'empêcha de faire un pas de plus.

– Sais-tu ce qu'on fait aux royalistes de ta race ? On leur coupe la tête. On les met au bûcher. On les noie, eux et leur progéniture.

– Les royalistes n'ont que ce qu'ils méritent.

Ma nonchalance sembla le décontenancer, il s'écarta et me laissa passer. Je dévalai les marches, fuyant le regard de ce suppôt du diable que je percevais dans mon dos… C'est alors qu'il prononça ces mots qui résonnèrent comme un sortilège entre les murs de pierre :

– La princesse sera seule cette nuit, dit-il, je lui rendrais bien une visite.

J'aurais peine à vous décrire précisément ce qui suivit. Fut-ce l'instinct, ou la folie, je n'en suis toujours pas certain. Je sais cependant que le présent devint aussi nébuleux qu'un rêve. Que la raison cessa d'être, la gravité aussi, car mon corps avait soudain acquis une légèreté inusitée. Lorsque je me retournai pour remonter les marches vers F., mes mouvements se firent sans effort. Si brusque et soudain que fût mon élan, le temps se déroulait au ralenti, allongeant mes gestes, me laissant voir, en haut des marches, ce visage maudit passer lentement de la suffisance à la terreur. À deux mains, j'empoignai son col et l'entraînai en avant dans l'escalier. Son corps dégringola les marches, longuement, sa tête heurta la pierre dans un écho sourd et affreux, le flambeau finit par s'éteindre dans la chute. Tout bruit cessa. Plus un souffle ne résonna. L'obscurité impose tous les silences. Je poursuivis mon ascension, m'éloignant de mon crime, gravissant les marches, l'une après l'autre, des dizaines, des centaines, l'escalier n'en finissait pas, le vertige devenait saisissant, puis je me retrouvai tout à coup sur le chemin de ronde, près des toits. La brise me transit. Elle n'était déjà plus la même que cet après-midi, transformée par le soir, mordante, saillante, pénétrant la peau jusqu'aux veines. Mon regard s'arrêta sur les interminables tuyaux de cheminée qui couraient à la verticale le long de la façade et approvisionnaient les poêles de chaque étage. Spontanément, je me hissai sur le rebord des remparts. Je ne saurais dire ce qui agissait en moi à cet instant. Une part de ma conscience, inconnue jusqu'ici, paraissait savoir précisément que faire. Elle me poussait, levait mes peurs et mes doutes, ne me laissait aucun autre choix que de m'en remettre à elle. Je m'assurai de la solidité des conduits de cheminée et me cramponnai à l'un d'entre eux. Le crépuscule embrasait le ciel alentour, la ville tout entière paraissait brûler sous mes yeux… Je descendis lentement, agrippé au tuyau, les deux pieds appuyés contre la façade de la tour. Par quelle fortune aucun garde ne me repéra, je l'ignore. La chance qui fut la mienne ce jour-là m'empêchera peut-être d'en connaître une semblable à l'avenir.

La sortie du conduit s'achevant dans l'enceinte de la forteresse, je n'eus pas d'autre alternative que de me laisser chuter sur les quelques mètres qui me séparaient encore du sol. L'impact me fit perdre connaissance. Il fallut les rires des corbeaux, qui avaient remplacé les hirondelles dans les branches et se moquaient à l'unisson de ma condition, pour m'amener à retrouver mes esprits. Allongé sur le sable, j'aperçus, là-haut, au troisième étage de la tour, derrière la jalousie qui condamnait la fenêtre, l'infime lueur d'une flamme qui éclairait la chambre de la princesse… Une douce chaleur émana de l'intérieur de ma veste, tout contre ma poitrine, pareille à une main de femme qui serait venue apaiser les battements de mon cœur. Je me rappelai la lettre de la princesse. Je m'en emparai, voulant m'assurer qu'elle n'avait pas souffert de ma chute. Son écriture à l'encre noire dépassait du papier plié :

Dans ce triste séjour d'horreur,
La vertu qui plaît à mon cœur
Me paraissait toujours bannie ;
Le ciel a retenu ma vie
Trop souvent prête à s'exhaler
Par les pleurs qu'il voyait couler.*

---

* Il s'agit de l'un des poèmes avérés de Madame Royale, rédigé durant l'été 1795.

À cet instant, des pas approchèrent sur le gravier. Remisant le poème dans ma veste, je me relevai et m'éclipsai sans tarder. Quelques minutes plus tard, je me retrouvai face aux guichetiers de l'entrée du Temple.

– Je dois transmettre une demande au citoyen Brunier, avançai-je, Gomin m'envoie.

Si ma proximité avec Gomin était désormais connue et œuvrait en ma faveur, mon absence de sauf-conduit m'empêcha toute sortie. J'eus beau parlementer et négocier avec tout le sang-froid dont j'étais capable, les guichetiers refusèrent de me laisser faire un pas de plus. Je me détournai et contemplai cette tour où gisait un homme mort dans l'escalier. Des gardes ne tarderaient pas à le trouver, peut-être était-ce déjà fait. Je compris que ma vie s'arrêtait ici, face à cette porte charretière, celle-là même que je franchis un matin de février 1794, et qui s'était refermée sur moi tel le couvercle d'un cercueil.

– Madame de Chanterenne, laissez passer ! entendis-je soudain.

À ces mots, la porte charretière s'ouvrit, laissant apparaître Madame de Chanterenne accompagnée d'un garde. Je crus à un mirage : mon esprit épuisé avait cessé de distinguer le monde réel de la chimère. Même lorsque Madame de Chanterenne m'interpella, je demeurai persuadé qu'elle ne pouvait vraiment se trouver face à moi.

– Monsieur Herbelin, me dit-elle, que faites-vous ici ?

– Madame, bafouillai-je, ne deviez-vous pas revenir demain ?

– J'ai été libérée plus tôt. Vous semblez anxieux, la princesse est-elle souffrante ?

– N'ayez aucune inquiétude. Il s'agit d'une autre nécessité. Cependant, l'on me refuse la sortie, et le temps presse…

Elle m'observa un instant, telle une mère qui devine le trouble de son enfant malgré son silence. Et, comme une mère, elle s'adressa soudain aux guichetiers avec une fermeté que je ne lui avais encore jamais entendue.

– Messieurs, vous connaissez le citoyen Herbelin, pourquoi lui refusez-vous la sortie qu'il demande ?

– Nous ne pouvons rien sans permission, répondit l'un d'entre eux.

– Dans ce cas, rétorqua-t-elle, nous serons contraints de rapporter votre refus au Comité de sûreté.

Les deux hommes, pris de court, s'entretinrent quelques secondes, puis daignèrent me laisser passer. Je n'eus pas le temps de réagir, encore moins de remercier Madame de Chanterenne, qu'elle posa une main sur mon bras.

– Allez rue de Beaujolais, me souffla-t-elle, vous y trouverez des amis…

Elle me sourit avec amitié avant de poursuivre son chemin. Face à moi, la porte charretière était ouverte, laissant entrevoir la rue, ses chevaux, ses passants, ma liberté. J'avançai d'un pas lent. Je voulais m'assurer que je marchais vraiment, que je traversais maintenant cette frontière, que j'abandonnais bien le silence du Temple pour rejoindre le chahut du monde. À peine passé le seuil, j'entendis dans mon dos la porte damnée se refermer à perpétuité.

Joseph H.

Lettre du 13 août 1796

Très chère Céleste,

Vous me demandez pour quelle raison je ne vins pas vous trouver après ma fuite du Temple... Pensez-vous que mon oncle m'eût ouvert la porte si je lui avais raconté les circonstances de mon départ ? Il m'eût plutôt dénoncé lui-même auprès du Comité de sûreté. Deux issues m'attendaient chez vous, la prison au mieux, l'échafaud le plus certainement. Voyez-vous, dès lors que nous l'avons quitté, le foyer de notre enfance cesse d'être notre asile. En outre, une fois hors du Temple, si l'instinct me sommait de m'éloigner au plus vite du lieu de mon crime, mon cœur m'empêcha de partir. Dans la rue, je demeurai interdit, contemplant la tour, songeant à sa prisonnière, éprouvant l'absurde impression que je l'abandonnais.

J'en vins alors à admettre cette évidence : tant que la princesse demeurerait au Temple, il me serait impossible de m'en éloigner.

Joseph H.

Lettre du 16 août 1796

Chère Céleste,

C'est le matin suivant que les paroles de Madame de Chanterenne me revinrent en mémoire : « Allez rue de Beaujolais, vous y trouverez des amis… »

J'avais passé la nuit dans une venelle à quelques pas du Temple, à l'abri de la brise, sursautant à chaque bruit, persuadé que des municipaux m'avaient repéré et venaient m'arrêter. Peut-être, d'une certaine façon, acceptais-je ce risque, car alors j'aurais été ramené au Temple et aurais pu revoir la princesse une dernière fois… La rue de Beaujolais se trouvait à proximité de la prison. Je m'y rendis discrètement, sans savoir ce que je venais chercher, me fiant seulement à la recommandation de Madame de Chanterenne, de la même façon que je m'étais fié la veille à mon seul instinct. Je ne tardai pas à découvrir qu'une certaine animation régnait dans cette rue : à quelques mètres devant moi, des dizaines de couples se hâtaient en direction d'un immeuble, tous élégamment vêtus, accueillis à l'entrée par un vieillard à nattes retroussées. Je m'approchai de cette foule coquette et étrange, croyant à un bal en plein jour, lorsque le vieillard m'interpella.

– Au dernier étage, monsieur, lança-t-il, hâtez-vous, c'est bientôt l'heure !

Je n'eus pas le temps de m'enquérir du spectacle que j'étais déjà transporté dans les escaliers par cette marée fervente jusqu'à un appartement sous les toits. Là, une cinquantaine de spectateurs conversaient dans un joyeux charivari, jetant des regards impatients par les fenêtres, faisant fi du plancher qui craquait sous le poids imprévu de cette assemblée vibrante. Je tentai de me frayer un chemin jusqu'à une fenêtre, où visiblement toutes les attentions convergeaient. Ce faisant, je surpris des bribes de conversations : l'on vantait qui la beauté de la jeune fille, qui sa piété héritée de sa tante ; là encore, l'on débattait fiévreusement : elle était le portrait de son père, au contraire, elle avait le profil évident de sa mère. Soudain, une voix se détacha du brouhaha :

– La voici !

Ma tante, il eût fallu le voir pour y croire. D'un même élan, tout ce beau monde se pressa aux fenêtres ouvertes et le silence se fit. Les femmes, une à une, esquissèrent une révérence distinguée, les hommes soulevèrent respectueusement leur chapeau. En l'espace d'un instant, ce public animé se changea en assemblée de fidèles, et l'appartement devint la nef d'une église… Je parvins enfin à m'approcher d'une ouverture. La scène dont je fus à mon tour spectateur fit bondir mon cœur. En contrebas, nous apercevions les jardins du Temple, où la princesse commençait sa promenade, appuyée au bras de Madame de Chanterenne. Le chien Coco et la chèvre les accompagnaient, tandis que Gomin et un gardien les suivaient d'un pas tranquille. Dans la pièce, des murmures bruissèrent.

– Le gardien a changé, souffla l'un.

– N'est-elle pas ravissante, aujourd'hui ? demanda un autre.

– Heureusement que Madame de Chanterenne est de retour, confia un troisième.

– Songer qu'en son absence, la princesse est à la merci de ces brutes ! renchérit le premier.

– Écoutez ! Ils jouent enfin à la Rotonde ! s'écria une dame.

Alors, nous entendîmes les notes d'une harpe s'élever dans la rue et enchanter tout le faubourg jusqu'aux jardins du Temple : sur place, le petit comité de sortie regarda aux alentours, interrogeant la raison de cette musique céleste. Soudain, accompagnant la harpe, la voix cristalline d'une femme entonna une chanson :

Son chien fidèle accompagne ses pas,
Toute la terre l'abandonne,
Sa chèvre et son chien seuls ne l'abandonnent pas…

Joseph H.

Lettre du 25 août 1796

Très chère Céleste,

Je découvris ainsi toute la société qui s'était formée aux abords du Temple ces dernières semaines. Leur motivation ? Apercevoir la princesse lors de ses promenades. La foule était chaque jour plus nombreuse, les étages supérieurs des immeubles alentour se louaient désormais à prix d'or. Je sollicitai du travail auprès de l'hôte des lieux en échange d'une chambre ; par chance, le vieil homme, dépassé par l'afflux des demandes, me délégua l'accueil et la bonne tenue de ces réunions pittoresques.

Ce public versatile comportait principalement des artistes – poètes, chanteurs, peintres, musiciens… Existait-il, en somme, plus remarquable figure que cette jeune orpheline emprisonnée ? Combien de chansons, combien de tableaux naquirent à la vue de sa silhouette charmante foulant les allées du verger, avec un chien et une chèvre pour seuls compagnons ?... Je me souviens notamment d'un graveur qui ambitionnait d'esquisser le portrait le plus exact possible de la princesse. Aussi était-il venu muni d'un télescope, non moins ! Dans l'assemblée, nombreux lui envièrent de pouvoir contempler d'aussi près son sujet... Installé devant une fenêtre, l'œil collé à sa longue-vue, ce graveur représenta la princesse en buste et de profil. La précision extraordinaire du rendu, des boucles de ses cheveux à son mantelet en dentelle blanche, en fait encore à ce jour le portrait le plus réaliste et le plus troublant qu'il me fut donné de voir de la princesse*.

Parmi les fidèles de ces rendez-vous, l'on retrouvait aussi les anciens proches de la famille royale, ceux qui avaient connu Versailles mais également le Temple, et dont la loyauté demeurait intacte malgré les persécutions et les menaces qui pesaient toujours sur leurs vies. Logeant au quatrième étage de la Rotonde, un immeuble qui donnait directement sur

---

* Il s'agit du *Portrait au télescope*, un portrait en médaillon de Marie-Thérèse réalisé par un graveur anonyme.

la cour du Temple, il y avait ainsi les anciens valets du roi, Hüe et Cléry*, la dernière gouvernante des Enfants de France, Madame de Tourzel, sa fille Pauline, ainsi que d'autres fidèles dont j'ai hélas oublié les noms... À celle qu'ils avaient regardée grandir dans les jardins du Trianon et qu'ils nommaient toujours respectueusement Madame Royale, ils offraient désormais des concerts quotidiens, espérant adoucir les journées de la seule survivante d'une famille qu'ils avaient autrefois servie. Les refrains louaient sa gloire, l'encourageaient, lui rapportaient des nouvelles de l'extérieur... De son côté, la princesse, qui avait fini par reconnaître les auteurs de ces hommages, profitait désormais de ses promenades pour sortir un mouchoir et l'agiter discrètement vers ces visages familiers. Sous nos yeux ébahis, se nouait ainsi le plus étrange et le plus émouvant dialogue...

Ce beau monde, enfin, comptait des curieux, des mondains, des journalistes, des politiques, des royalistes, des bourgeois, des repentis de la Révolution,

---

* François Hüe (1757-1819), huissier de la chambre de Louis XVI ; Jean-Baptiste Cléry (1759-1809), dernier valet de Louis XVI.

des nostalgiques... Tous, nous contemplions cette princesse orpheline, et nous nous rappelions le monde que nous avions jadis connu. La dernière prisonnière du Temple incarnait la mémoire d'un héritage et d'une destruction, de notre détestation passée et de notre regret d'aujourd'hui. Nous en avions fait une relique, mais aussi un fantôme perdu entre deux âges. Et nous prenions conscience, à la voir chaque jour, que nous-mêmes nous étions égarés...

Joseph H.

Lettre du 28 août 1796

Ma tante,

J'en viens à présent à ma rencontre avec Madame de Tourzel, que j'ai mentionnée au tout début de notre correspondance. L'ancienne gouvernante des Enfants de France me prit en amitié dès notre première entrevue, et je lui dois aujourd'hui ma place comme apprenti horloger à La Roche-sur-Seine. Nous fîmes connaissance, clin d'œil de la Providence, grâce au poème que m'avait remis la princesse quelques semaines auparavant…

Au début de l'automne 1795, le Comité de sûreté avait autorisé la prisonnière à recevoir des visiteurs. Apprenant que Madame de Tourzel, accompagnée de sa fille Pauline, serait parmi les premières à se rendre au Temple, je vins la trouver la veille de sa visite. Si je connaissais son nom, je ne l'avais encore jamais rencontrée. Aussi, lorsqu'une femme sans perruque ni poudre dans les cheveux qu'elle avait bouclés et châtains, m'accueillit au dernier étage de la Rotonde, je demandai naturellement à m'entretenir avec Madame de Tourzel.

– C'est moi-même, me répondit-elle, amusée de ma méprise.

Elle dégageait, malgré son maintien noble, une bienveillance qui inspirait immédiatement la confiance. Je fus particulièrement frappé par son regard, empreint d'une profonde mélancolie, que venait tempérer une douceur intacte. Son expression me rappela Madame Élisabeth, dont le deuil n'occulta jamais l'indulgence innée durant ses derniers mois au Temple. La bonté de certains chrétiens semble ne pas faner dans l'épreuve, mais tout au contraire s'épanouir…

– Madame, dis-je, lui tendant l'enveloppe dans laquelle je conservais le poème de la princesse, auriez-vous l'obligeance de restituer ceci à la fille du roi ?

– Oh, combien de lettres l'on m'a sommée de remettre à Madame Royale ! soupira-t-elle.

– Ceci lui appartient. Elle me l'a remis en mains propres au Temple, je n'ai pu le lui rendre à temps…

Elle me dévisagea d'un air tout à la fois étonné et intrigué.

– Vous êtes, monsieur ? interrogea-t-elle.

– Cela n'a pas d'importance, rétorquai-je.

– Allons, point de mystères ici. Venez.

Je pénétrai dans un salon spacieux et élégant, meublé d'une bibliothèque, de consoles en noyer, d'un piano à queue et de plusieurs fauteuils en velours qui donnaient au lieu un aspect confortable et chaleureux. Assis côte à côte, les anciens de la cour de Versailles feuilletaient les journaux et débattaient sur les rumeurs de libération de la princesse. Un homme aux longs cheveux bruns jouait au piano un air lent et mélancolique ; debout à ses côtés, une femme raffinée, aux cheveux poudrés de blanc, chantait doucement une ballade :

Un troubadour béarnais,
Les yeux inondés de larmes,
À ses montagnes chantait
Ce refrain source d'alarmes :

La fille du roi Louis
Est en prison dans Paris…

Nous nous assîmes à l'écart, et Madame de Tourzel me demanda une nouvelle fois mon nom.

– Je m'appelle Joseph Herbelin, murmurai-je. Mon nom, s'il venait à être su par quelque personne du Temple, me coûterait la vie…

Madame de Tourzel me sourit avec connivence, comme si nos sorts contribuaient à une compréhension mutuelle. Elle me désigna alors l'homme qui jouait au piano.

– Voyez ce gentilhomme, il s'agit de monsieur Lepitre*. Il fut gardien de la reine au début de son emprisonnement en 1792, et mit tout en œuvre afin de lui communiquer des nouvelles de l'extérieur. Il fut finalement dénoncé, comme tant d'autres gardiens, hélas, par les Tison**. Leur crime était leur simple humanité… Là, sur ce fauteuil, cet autre

---

* Jacques-François Lepitre (1764-1821), gardien au Temple du 8 décembre 1792 au 26 mars 1793.

** Couple de concierges au Temple. Ils dénoncèrent de nombreux geôliers pour conspiration avec la famille royale.

homme à la figure aimable, c'est monsieur Cléry, l'ancien valet de notre roi. Il demeura auprès de lui jusqu'au jour de son exécution. Sa loyauté lui valut à son tour la prison, celle du Temple d'abord, puis celle de la Force. Ma fille et moi y fûmes également enfermées. Encore aujourd'hui, nous sommes surveillées. Voyez-vous, la famille royale fut aussi la nôtre… Nous sommes coupables de les avoir servis et aimés. N'ayez crainte, monsieur, vous êtes sauf ici. Et je remettrai demain votre papier à la princesse.

Le soir tombait, l'on alluma les chandelles. J'observai ces gens qui avaient fait partie de la cour de Versailles, ses fastes et ses fêtes, aujourd'hui réunis tels les membres d'une famille endeuillée, poursuivant ce qu'ils avaient toujours connu… Rien ne les obligeait à demeurer fidèles à la fille du roi. Aucun gain, aucun avenir ne leur était promis ici. Seule leur affection envers celle qui se trouvait dans la prison voisine motivait leur dévouement. Et, contre toute attente, j'étais comme eux coupable du même délit…

*

Le lendemain, je revins à la Rotonde où j'attendis, en compagnie des anciens membres de la cour, le retour du Temple de Madame de Tourzel et de sa fille Pauline. Lorsque, en début de soirée, les deux femmes passèrent le seuil de l'appartement, leur air bouleversé nous dissuada de les presser de questions, en dépit de notre impatience. Madame de Tourzel peinait tout particulièrement à contenir son émotion, elle dont l'instinct maternel avait été vivement affecté face à cette orpheline qu'elle avait autrefois élevée et éduquée. Il lui fallut un long moment pour recouvrer son calme, et nous l'écoutâmes nous raconter leur visite au Temple dans un silence ému :

– À son entrée au Temple, nous avions laissé Madame faible et délicate. En la revoyant après trois ans de malheurs sans exemple, nous fûmes bien étonnées de la trouver belle, grande, forte et dotée de cet air de noblesse qui caractérise sa figure. Nous fûmes frappées, Pauline et moi, de retrouver en elle les traits du roi, de la reine et même de Madame Élisabeth. Madame parlait de ses malheurs avec une douceur angélique, et nous ne la vîmes jamais témoigner un seul sentiment d'aigreur contre les auteurs de tous ses maux. Digne fille de Louis XVI, elle plaignait les Français et ne cessait d'aimer ce pays qui la rendait si malheureuse. Je lui dis que je désirais sa sortie de France pour la voir délivrée de son affreuse captivité. Elle me répondit avec l'accent de la douleur : « J'éprouve encore de la consolation à habiter un pays où reposent les cendres de ce que j'ai de plus cher au monde. » Puis, éclatant en sanglots, elle ajouta du ton le plus déchirant : « J'aurais été plus heureuse de partager le sort de mes parents que d'être condamnée à les pleurer ! »...

Demeuré debout, en retrait du petit comité qui encerclait Madame de Tourzel et pleurait avec elle, je me fis violence pour ne pas à mon tour succomber aux larmes...

Joseph H.

Lettre du 4 septembre 1796

Très chère Céleste,

En datant cette lettre, je prends soudain conscience des mois écoulés… Il y a près d'un an, je m'enfuyais du Temple. Pouvez-vous le croire ? En vous écrivant mon histoire, j'ai l'étrange impression d'y être retourné… À présent que s'achève mon récit, rien ne me rattachera plus à ce lieu. Le temps atténuera le souvenir de la princesse, aucun journal ne ravivera ma mémoire. Et nous n'en parlerons jamais, vous et moi, car je ne le souhaiterai pas : l'homme doit se garder de convoquer le passé. Ce temps dans ma vie touche ainsi à sa fin. Et je n'en connaîtrai certainement jamais d'aussi remarquable…

Joseph H.

Lettre du 6 septembre 1796

Chère tante,

Ce matin de décembre, Madame de Tourzel corrobora les rumeurs qui couraient depuis plusieurs semaines : la princesse allait enfin être libérée, le lendemain soir. Dans le salon de la Rotonde, je l'écoutais d'une oreille, plongé que j'étais dans un trouble qui m'empêcha de prêter attention aux détails de cette libération. Je redoutais plus que tout cette nouvelle. La guerre, la misère, m'eussent été plus tolérables que le départ de la princesse. Les malheurs, voyez-vous, s'avèrent moins pénibles à souffrir que la fin du bonheur… S'il était temps que sa liberté lui fût rendue, quand bien même celle-ci se payait au prix de l'exil, je fus incapable de me réjouir de son sort. J'éprouvais, de la plus égoïste façon, un amer chagrin. Si la princesse s'en allait, à quoi pouvais-je aspirer ? Ces derniers mois, l'apercevoir au loin dans la cour du Temple avait suffi à ma joie. Je pouvais me contenter de sa silhouette, non de son absence. L'homme préfère le mirage au néant…

– Qu'allez-vous faire, à présent ? me demanda Madame de Tourzel en posant la main sur mon épaule.

– Je l'ignore, Madame, répondis-je.

C'est alors qu'elle mentionna l'une de ses connaissances, monsieur Paul-Henri Meunier, maître horloger à La Roche-sur-Seine, qui recherchait activement un apprenti. J'accueillis favorablement sa proposition, sans entendre de quoi il s'agissait vraiment, comprenant seulement qu'elle me permettrait de partir de Paris.

Je quittai la Rotonde et remontai la rue, tandis que du dernier étage s'élevait cette gaie chanson que je n'eus pas le cœur d'écouter jusqu'au bout :

Calme-toi, jeune infortunée,
Ces portes bientôt vont s'ouvrir :

L'ORPHELINE DU TEMPLE

Bientôt, de tes fers délivrée,
D'un ciel pur tu pourras jouir…

Joseph H.

Lettre du 10 septembre 1796

Chère tante,

Je n'étais pas à la Rotonde ce soir-là, mais dans l'appartement du vieux logeur où j'avais reçu les visiteurs ces derniers mois. Près d'une centaine de personnes étaient présentes pour la libération de la princesse. Nous patientions dans le silence. Malgré le froid, nous maintenions les fenêtres ouvertes, rallumant les chandelles que la brise avait éteintes. Les murmures étaient rares, des larmes coulaient sans sanglots. Il me sembla que ces gens s'apprêtaient à perdre leur fille, ou leur sœur, comme si la princesse avait fait d'eux une famille – comme peut-être, naguère, le roi avait fait de nous une nation…

L'on nous fit signe, nous emportâmes nos chandelles et nous attroupâmes aux fenêtres. Partout dans le faubourg, de la même façon, les derniers étages se peuplèrent, s'illuminèrent, formant progressivement, d'un immeuble à l'autre, de ravissantes guirlandes scintillantes. Dans la cour du Temple, un flambeau à la main, la princesse nous apparut. Sa robe blanche à l'anglaise, son visage pâle dans la pénombre, lui donnaient une figure spectrale, ou plutôt celle d'un vague souvenir, comme si sa présence ici appartenait déjà à l'oubli… Elle s'immobilisa, puis contempla là-haut ces multiples fenêtres qui brillaient de mille feux, autels suspendus en pleine nuit, messe sublime et solennelle en son honneur. Chacun d'entre nous s'attachait à la contempler une dernière fois, à graver dans sa mémoire cette ultime apparition… En contrebas, la princesse esquissa une lente révérence en guise d'adieu, puis elle se retira dans la tour en attendant sa libération. C'est à cet instant que je m'extirpai brusquement de la foule et m'élançai hors de l'appartement.

Dans l'ombre d'une porte charretière, je guettais à présent l'entrée du Temple. Qu'espérais-je ? La voir, ma tante ! Non comme une image éthérée au loin, sans regard et sans voix, mais comme la jeune fille de chair et sang que j'avais côtoyée. Il me fallait croiser ses yeux, peu m'importait le risque que j'encourais. Si je vous racontais que des gardes patrouillaient à l'extérieur de l'enceinte, longeant parfois mon humble cachette de si près que j'entendais leur souffle, vous jugeriez mon vœu déraisonnable. Imaginez cependant la détresse avec laquelle l'homme perdu dans le désert cherche à étancher sa soif ! À cet instant, cette détresse était la mienne…

La rue était plongée dans un parfait silence. Le froid semblait avoir pétrifié les pierres. Mon corps s'engourdissait à mesure que la nuit progressait. J'en vins soudain à douter : peut-être était-elle déjà sortie, ou bien l'on était venu la chercher par une porte dérobée ?… Je refusai formellement cette idée et demeurai sur place. Dans le ciel, les constellations se mouvaient au fur et à mesure des heures. Je les observai, transi, ébloui, et alors il me sembla que j'abandonnais la terre ; oui, mon corps s'éleva sans effort, lentement, il dépassa les toits de la ville pour rejoindre ce sublime plafond d'étoiles… Les alentours s'assombrirent, l'espace devint pénombre et je me laissai porter, sans résister, prêt à succomber tout entier aux profondeurs célestes…

Le temps, figé jusqu'alors, se précipita tout à coup : un homme, coiffé d'une perruque blanche, en habit d'officier, surgit de la ruelle voisine, tandis que la porte du Temple s'ouvrait au même instant. Précédée de Gomin, la princesse sortit dans la rue, le visage dissimulé sous un chapeau, les épaules couvertes d'un mantelet en laine. L'homme venu la chercher* lui offrit son bras, puis ils s'engagèrent sans tarder dans la rue Meslay. Je suivis ces trois silhouettes, pareil à une ombre, frôlant les murs, battant sans bruit le pavé, retenant mon souffle tout au long du chemin. Au bout de la ruelle, une voiture attendait les trois voyageurs. À leur approche, le cocher ouvrit la portière, qu'il referma sitôt la princesse installée à l'arrière. La nuit, qui m'avait jusque-là offert un refuge dans son manteau glacé, me laissa en sortir. Je m'arrêtai sous la lueur d'une fenêtre. La princesse m'aperçut au même instant. Je croisai ses yeux d'une tristesse sans pareille, elle qui cessait d'être une prisonnière pour devenir une exilée. J'ose croire qu'elle me reconnut, car

* Il s'agit de Pierre Bénézech (1749-1802), homme politique et ministre de l'Intérieur au moment des faits.

lorsque le cocher fit claquer son fouet et que la voiture s'éloigna dans un écho de sabots, elle m'adressa, malgré son chagrin, un sourire empreint de toute sa grâce.

Joseph H.

Faire-part du 7 juin 1803

À l'attention de Monsieur Charles Herbelin
Et de son épouse Madame Céleste Herbelin.

Monsieur Paul-Henri Meunier, maître horloger, a l'honneur de vous faire part du mariage de sa fille, Mademoiselle Lise Meunier, avec Monsieur Joseph Herbelin,

Et vous prie d'assister à la bénédiction nuptiale qui leur sera donnée le dix-sept août mille huit cent trois, à onze heures, en l'église Saint-Samson de La Roche-Guyon.

Lettre du 14 décembre 1808

Très chère Céleste,

J'ai la joie ce matin de vous annoncer la naissance de notre fille, Marie Herbelin. Malgré sa santé diminuée, Lise a fait preuve d'un courage remarquable. Des femmes du village l'ont assistée toute la nuit et continuent de les veiller, elle et l'enfant. Je n'ai de cesse de leur offrir mon aide, mais mon émotion et ma maladresse ne sont visiblement d'aucune utilité… Je ne manquerai pas de vous écrire bientôt.

Votre neveu, et désormais père,
Joseph H.

P.S. : Avez-vous appris que la tour du Temple a finalement été détruite* ? Même ces pierres ne pourront plus témoigner de l'Histoire. Et de la princesse, il ne reste désormais plus rien à Paris…

* Devenue lieu de pèlerinage royaliste, la tour du Temple fut détruite en 1808 sous Napoléon Bonaparte.

Lettre du 12 mars 1813

Chère Céleste,

Près de cinq ans ont passé depuis ma dernière lettre, j'ai failli à ma promesse… Le temps m'a cruellement manqué, comme les heureuses nouvelles. Veuillez me pardonner. Notre petite Marie se porte bien. Elle révèle, en grandissant, le plus honnête et le plus tendre caractère. Je n'ai à déplorer ni bêtise, ni caprice de sa part. Tandis qu'au même âge sa mère passait ses journées dans les fermes, Marie se plaît à demeurer à la maison, au pied de la bibliothèque, un livre ouvert entre les mains. Les trésors de la campagne lui importent peu. Aux berges de la Seine, aux crépuscules des étés, elle préfère les pages de ses romans. Sa mère le déplore, je lui réponds que les natures ne se décident pas…

Notre unique inquiétude, depuis quelques années, est la santé de Lise. Le moindre froid la fragilise, des accès de fièvre la saisissent sans raison… Nous avons eu beau mander des médecins, entreprendre des séjours en bord de mer, ménager son activité, sa santé n'a cessé de se dégrader. Le courage dont elle faisait preuve jusqu'ici l'a complètement abandonnée au décès de son cher père, monsieur Paul-Henri Meunier, le 2 janvier de cette année. Je dois vous l'avouer : sans l'appui des gens du village, qui se relaient pour s'occuper de ma fille et de mon épouse, jamais je n'aurais pu continuer à faire vivre l'atelier Meunier…

Ma tante, je me dois d'être honnête : cette lettre n'a pour sujet ni Marie, ni Lise. Ce devrait pourtant être ainsi. Si le temps avait fait son œuvre, si j'avais conjuré mes souvenirs, je devrais vous parler seulement de mon épouse dévouée et de ma fille bien-aimée. Je ne partage cependant pas la probité des autres hommes. Je ne suis pas digne de l'affection de mon épouse et de mon enfant, je ne devrais pas pénétrer dans une église, car je ne suis pas parvenu à rompre avec une pensée. Cette pensée qui ne m'a jamais quitté depuis le Temple. Cette pensée qui m'habite tout entier comme mon souffle, qui accompagne mes gestes ainsi que mes pas, qui me console et m'égaye… Ai-je besoin de la nommer ? Oui, depuis vingt ans, la fille du roi demeure au centre de mon existence. J'ai tenté de la chasser, de la maudire, je l'ai suppliée de me laisser en paix… Il est moins vain d'implorer Dieu de nous garder de la mort. Elle est restée, et je l'ai acceptée. Dans l'atelier, je la convoque désormais au milieu du temps, je m'entretiens avec elle, je demeure en sa présence jusqu'à la nuit tombée. Son souvenir est une étreinte et une ivresse. Oui, je ne peux le nier : j'aime cette mémoire plus que mon propre foyer.

Joseph H.

P.S. : M'écrirez-vous toujours malgré cette confession ?

Lettre du 28 avril 1814

Ma tante,

Avez-vous appris l'arrivée de la princesse en France* ? Le cortège devrait atteindre Amiens d'ici quelques jours… Quelques jours à peine, moi qui la vis pour la dernière fois il y a vingt ans ! Je sais ce que la morale m'impose… M'est-il seulement possible de renoncer à la revoir ? Puis-je, comme le voudrait la raison, demeurer dans mon village en la sachant bien-

* Après vingt ans d'exil, Marie-Thérèse revint en France suite à la chute de Napoléon Bonaparte et à l'avènement au trône de son oncle, le comte de Provence, reconnu comme roi de France sous le nom de Louis XVIII. Le cortège royal, débarqué d'outre-Manche à Calais le 24 avril 1814, atteignit Paris le 3 mai 1814.

tôt tout près d'ici ? Chère tante, je ne cherche nulle excuse. J'ai cependant compris que l'intégrité d'un homme ne peut rien contre les obstinations de son cœur…

Joseph H.

Lettre du 7 mai 1814

Très chère Céleste,

J'ai revu la princesse.

Quelques jours plus tôt, à ma femme alitée et à ma fille innocente, j'ai prétexté vous rendre visite, et je suis parti pour Amiens.

Sur la place de la cathédrale Notre-Dame, il semblait que la foule démesurée, exaltée, attendait la venue du pape. Je patientai au cœur de l'agitation, moi-même fébrile, pareillement lorsqu'au Temple je comptais les heures avant d'accompagner la princesse dans les jardins. J'éprouvais à nouveau l'impatience de jadis, le même enthousiasme enfantin, j'étais redevenu le jeune homme de la tour du Temple, trépignant à l'idée de revoir la princesse, le cœur empli d'un émoi que je n'avais plus connu depuis vingt ans…

Les cloches de la cathédrale retentirent, une irrépressible frénésie galvanisa la foule : le cortège arrivait. Des soldats taillèrent un chemin sur la place, l'on se bouscula, l'on s'écarta, l'on joua des coudes afin d'être au premier rang. Nous aperçûmes les drapeaux, les chevaux, les escortes, et enfin le carrosse royal, chamarré de dorures et de sculptures, progressant lentement au milieu de la cohue. La ferveur fut immense. La foule exaltée criait de joie, les cloches carillonnaient à la volée, la ville entière célébrait la restauration de la monarchie, mais surtout le retour de l'exilée. Car c'est le nom de la princesse que chacun acclamait, au grand dam de son oncle, Louis XVIII, le nouveau roi de France ! Les hommes s'agenouillaient, se signaient, priaient, les femmes exécutaient de profondes révérences, certaines même s'évanouirent d'émotion…

Le carrosse royal parvint à ma hauteur. Je tendis le cou et scrutai les passagers à l'intérieur. J'identifiai Louis XVIII, d'abord à son manteau de sacre en hermine, puis à sa vague ressemblance avec son frère, Louis XVI, quand bien même son embonpoint et son air fat lui déniaient le charisme habituel des monarques. À son côté était assise une femme brune et sévère, le visage oblong et émacié, les épaules robustes comme un homme. De ses yeux myopes et rougis, elle observait le spectacle avec étonnement, mais aussi avec un dédain qui aggravait son air maussade. Deux autres hommes, probablement des proches du roi, leur faisaient vis-à-vis. Je continuai à fouiller l'intérieur du carrosse. Le peuple appelait la princesse, j'étais le seul à ne pas la voir, et cette dissonance en vint à me faire douter du présent. Je sais désormais que la réalité ne flatte jamais nos souvenirs… Car, voyez-vous, cette femme austère et malgracieuse, aux côtés du roi, était bien Marie-Thérèse de France. Désormais duchesse d'Angoulême*, elle roulait à quelques pas de moi et, sans la foule pour m'assurer qu'il s'agissait vraiment d'elle, j'aurais juré que cette personne m'était inconnue. D'une certaine façon, sans doute était-ce le cas… Cette vision me pétrifia sur place. Je me laissai chahuter par la foule tel un pantin de bois, tandis que s'éloignait cette femme que je ne reconnaissais pas, cette même femme que j'avais regardée s'éloigner de la même façon dans une voiture, dix-neuf ans plus tôt, une nuit

---

* Le 9 juin 1799, Marie-Thérèse de France avait épousé son cousin germain Louis-Antoine d'Artois, duc d'Angoulême.

glacée de décembre, une jeune fille blonde, digne et endeuillée, et dont le dernier sourire plein de compassion m'avait accompagné jusqu'à aujourd'hui…

Joseph H.

Lettre du 10 mai 1814

Chère Céleste,

Depuis mon retour à La Roche-Guyon, me voici incapable de regarder Lise dans les yeux. Il me semble porter ma honte comme un vêtement. Ma honte d'avoir menti. Ma honte d'avoir été déçu en découvrant la princesse transformée. Moi qui m'étais toutes ces années persuadé de la noblesse de mes sentiments à son égard… Moi qui m'étais persuadé que la pureté du souvenir que j'avais d'elle m'empêchait d'être complètement indigne ! En vérité, je l'avais idéalisée, et donc séquestrée. Oui, elle qui avait jadis été prisonnière du Temple, je l'avais à mon tour emprisonnée dans mon esprit, l'empêchant de mûrir, de s'épanouir, de se métamorphoser, d'être libre en somme… Ainsi ai-je failli à la mémoire de la princesse, tout comme j'ai failli à la loyauté envers mon épouse…

Chère tante, cette lettre est mon acte de foi. Je jure solennellement, à partir de ce jour, de privilégier le présent au souvenir. Je jure de répondre aux deux uniques devoirs qui incombent à tout homme : œuvrer et servir. Désormais, je pourvoirai aux besoins de Lise, je me consacrerai à l'éducation de ma fille et j'exercerai avec diligence le métier qui m'a été enseigné. Je jure par ces mots de rejeter avec force toute tentation de la nostalgie. Enfin et surtout, je jure de ne plus rien espérer de l'avenir.

Joseph H.

Faire-part du 9 novembre 1814

À l'attention de Madame Céleste Herbelin.

Vous êtes priée d'assister aux convoi, service et enterrement de Madame Lise Herbelin, décédée le sept de ce mois, qui auront lieu à La Roche-Guyon, dans l'église Saint-Samson, sa paroisse et lieu de sa sépulture, le quatorze novembre courant, à onze heures du matin.

De la part de Monsieur Joseph Herbelin, son veuf, et de Mademoiselle Marie Herbelin, sa fille.

Priez Dieu pour le repos de son âme.

Lettre du 4 septembre 1820

Ma tendre tante,

Je suis heureux de vous lire et de savoir votre sœur auprès de vous. Sa compagnie devrait vous distraire de vos ennuis de santé et vous permettre de retrouver le goût des promenades. Celles-ci vous fatigueront certainement moins que d'être enfermée tout le jour. Je le sais, car mes douleurs aux reins sont toujours moins vives d'avoir marché quelques heures, plutôt que d'être demeuré assis à réparer mes montres. Vieillir est un privilège qui mérite bien ses inconvénients…

Ma petite Marie (qui d'ailleurs n'est plus si petite) continue d'écrire sa poésie. Comme les auteurs qu'elle révère, elle se rêve poète. Je lui rappelle que ce monde est celui des hommes, cependant elle ne s'en soucie point, et défend au contraire que l'art et la littérature sont les deux disciplines où s'oublie la distinction des sexes. J'eusse aimé avoir de telles convictions à douze ans...

Nous eûmes, cette semaine, la conversation la plus insolite. Nous achevions notre repas, lorsqu'elle me demanda si j'avais entendu parler de la comtesse des Ténèbres...

– Tu sais bien que je ne lis pas de romans, lui répondis-je.

– Il ne s'agit pas d'une fiction. En Thuringe, à Hildburghausen précisément, vit une femme dont on ignore l'identité. Elle est arrivée dans le pays il y a dix ans, toute de noir vêtue, le visage voilé, accompagnée d'un comte qui n'a cessé de veiller à son anonymat. Personne n'a jamais pu l'approcher ni lui adresser la parole. La rumeur dit qu'il s'agirait de Marie-Thérèse de France, la fille de Louis XVI et de Marie-Antoinette...

Je fis tomber ma cuillère et manquai de renverser mon assiette par la même occasion. Je m'étais toujours gardé d'évoquer ma vie antérieure à La Roche-Guyon, et je ne possédais rien de concret qui eût pu révéler quoi que ce soit sur cette période. De mon enfance sans père ni mère, de ma jeunesse au sein de la garde nationale, enfin de mes deux années au Temple, Marie ignorait tout, d'où ma confusion et mon embarras.

– Que me racontes-tu là ? balbutiai-je.

– Cette femme vit recluse dans un château en dehors de la ville, dont elle ne sort que pour de brèves promenades. Malgré ses précautions, des témoins auraient entrevu son visage et attesteraient de sa ressemblance saisissante avec Marie-Antoinette.

– C'est absurde, enfin… Marie-Thérèse de France est devenue duchesse d'Angoulême ! Les Français l'ont vue durant la Restauration.

– Une substitution aurait eu lieu juste après sa libération du Temple en 1795. La jeune femme qui fut remise à l'Autriche ne serait pas la fille de Louis XVI.

Je me remémorai la passagère du carrosse royal qui traversa Amiens sous les acclamations six ans plus tôt. Rien de la prisonnière du Temple ne subsistait dans cette femme bourrue et morose. J'avais fini par croire que les drames endurés l'avaient contrainte à se renier, que seule une métamorphose totale et irréversible avait pu assurer sa survie dans le monde. Jamais je n'avais envisagé qu'elle pouvait être une autre. La princesse s'était pourtant si radicalement évanouie derrière les traits de la duchesse d'Angoulême, que le doute germa pour la première fois dans mon esprit…

Je tentai de maîtriser l'émotion qui faisait trembler mes mains, tandis que Marie évoquait avec enthousiasme ce récit extravagant qui séduisait son imagination fertile.

– Envisagez donc cette possibilité, poursuivait-elle : la fille du roi Louis XVI, unique survivante du Temple après trois ans d'emprisonnement, est condamnée à l'exil. Elle n'a que dix-sept ans ! L'idée de rejoindre l'Autriche qu'elle n'a jamais connue et de poursuivre une vie de cour comme si de rien n'était lui est insupportable. Elle aspire désormais à vivre dans le deuil de ses parents, loin de toute société. Grâce à d'anciens proches de Versailles, elle organise sa substitution. Durant son voyage vers l'Autriche, dans l'une des villes où son convoi fera halte, une jeune fille qui lui ressemble prendra sa place, tandis qu'elle fuira dans le plus grand secret vers l'Allemagne…

– Tu lis trop de romans, ma fille.

– C'est la réalité qui est romanesque ! Ce n'est certainement pas une hypothèse absurde. En outre, il faut reconnaître que la duchesse d'Angoulême n'a plus rien de la princesse courtoise et gracieuse qu'avait jadis connue la cour de Versailles…

– Les épreuves et la douleur peuvent transformer une personne.

– Certes… Mais si cette rumeur était vraie ?

Cette question, ma très chère tante, ne cesse de me tarauder depuis… Et si cette rumeur était vraie ?

Joseph H.

Lettre du 17 décembre 1820

Chère tante,

Je l'ai aperçue sur la route de Cobourg, au sud de Hildburghausen… Je séjournais depuis neuf jours à l'auberge Zum Englischen Hof* et m'étais jusque-là contenté d'explorer la ville et ses environs. C'était un bourg de campagne semblable aux nôtres, quiet, rythmé par le clocher de l'église protestante, au cœur d'une campagne verdoyante et boisée. La langue m'était impénétrable, ce qui m'était étrangement agréable : d'autrui, je ne comprenais ni les humeurs, ni les impolitesses, ni les futilités, et j'en éprouvais un authentique sentiment de liberté. Évidemment, ma présence insolite dans cette

* C'est dans cette auberge que la « comtesse des Ténèbres » fit halte lors de son arrivée le 7 février 1807.

région reculée fut rapidement remarquée. Le premier à m'adresser la parole fut un employé des cuisines de l'auberge. Prénommé Heinrich, la cinquantaine bien sonnée, les cheveux et la barbe d'une rousseur remarquable, il m'aborda un beau jour tandis que je dînais seul dans la salle à manger.

– *Sind Sie Franzose ?* me demanda-t-il.

– Je suis français, oui, devinai-je.

– *Suchen Sie die Dunkelgräfin ?* ajouta-t-il.

Je le dévisageai d'un air perplexe. Je demeurais dans cette auberge depuis plus d'une semaine, personne n'ignorait désormais que je ne parlais pas un mot d'allemand. Il s'assit à ma table et sortit de sa poche un papier cartonné qu'il fit glisser vers moi. Sa vue me causa un frisson. L'estampe, datée de 1796, représentait la princesse de profil, la figure raffinée et sensible, ses cheveux bouclés et enrubannés, parée d'une robe à l'anglaise. Seuls manquaient son pinceau à la main, l'arbre au pied duquel elle peignait, un rayon de soleil tombant sur ses cheveux d'or dans les jardins du Temple… Je contemplai en silence cette image sous mes doigts, empreinte d'un temps qui ne s'était jamais départi de mon cœur, depuis plus de vingt-cinq ans. L'homme pointa du doigt le portrait et esquissa un sourire.

– *Dunkelgräfin.* « Comtesse des Ténèbres », traduisit-il, avec un accent prononcé.

Sur son insistance, j'acceptai de le suivre, sans comprendre où il paraissait vouloir m'emmener. Nous quittâmes Hildburghausen en voiture et prîmes la route de Cobourg. Il discourut tout au long du trajet, omettant le fait que je ne pouvais lui répondre, mais peut-être appréciait-il de pouvoir palabrer ainsi sans être interrompu. Sous un ciel nuageux et morose, nous traversâmes des plaines et des champs, jusqu'à ce que des petites maisons aux toitures en tuiles annoncent l'entrée d'un village.

– Eishausen, dit-il en m'indiquant l'endroit.

Quelques instants plus tard, nous fîmes halte devant les grilles d'une propriété. Mon guide la désigna et répéta le mot dont je connaissais désormais le sens.

– *Dunkelgräfin.*

Au-delà du portail s'élevait une spacieuse bâtisse de trois étages, à la façade parfaitement neutre, sans fioritures ni colombages, contrairement aux maisons voisines. Seul signe distinctif : elle arborait des volets d'un vert vif, pour la plupart fermés, et comptait une vingtaine de fenêtres. Je peinais à imaginer la princesse au sein de cette large demeure sans éclat dans cette morne lumière d'hiver, au jardin mal entretenu, isolée au sein d'un village de Thuringe qu'aucun Français n'aurait su situer sur une carte. La pluie commença à tomber. Nous fîmes demi-tour et repartîmes vers Hildburghausen, tandis que la pluie redoublait d'intensité sur la toiture. Sa cadence régulière finit par m'assoupir, lorsque soudain des cris me firent bondir sur mon siège.

– *Dunkelgräfin ! Joseph ! Sehen Sie !* s'égosillait mon guide.

Sous la pluie battante, une calèche apparut à notre hauteur, tel un mirage. Derrière la vitre ruisselante, j'aperçus deux silhouettes semblables à des spectres : un homme élancé, blond, au profil rude, et à ses côtés une femme, ou plus justement une ombre, en grand deuil. Au moment où nos routes se croisèrent, elle se tourna vers moi et, en fait de visage, je ne vis que sa voilette noire…

*

Je songeai à retourner au château d'Eishausen où résidait ce couple mystérieux, puis je me ravisai. Qu'aurais-je fait une fois là-bas ? Patienter à la grille ?

Escalader la clôture et rechercher cette femme sans visage et sans nom ? Rien de ce que j'aurais pu tenter ne me paraissait sensé. En outre, je n'avais aucune certitude que cette inconnue était véritablement la princesse. Certes, je le désirais, ardemment même – sans cette espérance, je n'aurais jamais fait un si long voyage. Le doute cependant s'imposait à ma raison, et je pouvais encore me rassurer de n'avoir pas tout à fait perdu pied, de ne pas m'attacher à mon désir de la même façon que les fous s'accrochent à leurs visions… Ainsi, je décidai de demeurer ici un mois entier. Un mois, durant lequel je n'entreprendrais rien. Je ne retournerais pas à Eishausen, je ne tenterais pas de voir cette mystérieuse comtesse, je ne l'espérerais pas sur mon chemin. Je renoncerais à tout effort, à toute ambition. Nos routes se croiseraient peut-être à nouveau, ou non. Je percerais peut-être le secret de cette inconnue, ou peut-être pas. Car l'homme ne peut provoquer ce que le Ciel n'a pas décidé…

*

Afin d'occuper mes journées, je décidai de parcourir les environs de Hildburghausen. Je quittais l'auberge au petit matin et m'en allais rencontrer l'aube au milieu d'une prairie ou au sommet d'une colline. Je contemplais le soleil se lever, écarlate, brûlant, sacré, avant de revêtir son aspect coutumier et soutenable pour l'homme. Je poursuivais mon errance au hasard, longeant le cours d'un ruisseau, m'enfonçant dans les bois, humant les parfums de la terre. Au fur et à mesure, mon tumulte intérieur s'apaisa, mes pensées, mes regrets, mes souvenirs s'épuisèrent au gré de mes marches, jusqu'au jour où, pour la première fois, un parfait silence se fit en moi, assez profond pour ne plus être troublé, suffisamment intense pour que je pusse m'en contenter. Était-ce ce silence que venaient chercher les ermites et dont jouissaient les moniales dans leurs couvents ? Était-il pensable, après l'avoir éprouvé, de revenir dans la cohue des hommes ? Soudain, je n'en fus plus certain… Peu à peu, la perspective d'une existence solitaire me devint possible. J'avais fait l'expérience de tout ce qu'un homme peut vivre, j'avais connu la détresse et la douceur, je pouvais aujourd'hui me passer de compagnie et de conversation. Oui, j'avais désormais la liberté de me retirer dans une cabane au cœur des bois… Existait-il un crépuscule de vie plus désirable pour un homme ? Cette idée croissait, toujours plus séduisante, si bien que je commençai à parcourir la forêt comme si celle-ci fût déjà mon foyer. Je traversais ses clairières et ses layons, ses murmures et ses bruissements, ses vies invisibles et ses cœurs battants, imaginant mes vieilles années parmi ce peuple d'arbres stoïque et sage.

La fin du mois approchait, je continuais de me fondre dans les bois, pénétrant plus loin que la veille, tant et si bien que j'en vins un jour à me perdre. Tout à coup, je ne reconnus plus le chemin que j'avais emprunté, je ne retrouvai plus mes repères habituels… La lumière déclinait, il restait un peu plus d'une heure avant la tombée de la nuit. Plutôt que de me hasarder à revenir en arrière, je jugeai préférable de presser le pas et de poursuivre, songeant que la forêt déboucherait sur une route ou un village. Plus aucun rayon ne traversait les cimes, un froid humide et piquant s'élevait de la terre. J'accélérai le pas, guettant quelque lumière, espérant apercevoir l'horizon. Je me résignais déjà à passer la nuit dans les bois quand une lisière sembla se dessiner au loin. Je me hâtai de la rejoindre. Il me sembla franchir l'un de ces portails mystérieux évoqués dans les contes, car je me retrouvai soudain dans une vaste et paisible prairie. En contrebas, de multiples chaumières aux cheminées fumantes annonçaient un village ; au-delà du bourg, le crépuscule coiffait une colline et dispersait dans le ciel froid ses teintes azurées, ocre et roses. J'aperçus, à une vingtaine de mètres, un petit pont qui menait à un jardin broussailleux et négligé ; celui-ci encerclait une bâtisse spacieuse, comptant une vingtaine de fenêtres aux volets vert vif. « *Dunkelgräfin* », entendis-je alors la voix de Heinrich me confier... Je retins mon souffle, incapable de concevoir comment j'étais arrivé jusqu'ici. Je fus sur le point de reculer pour repartir dans la forêt, embarrassé de m'être introduit dans cette propriété, lorsque je l'aperçus à ma droite : assise sur un banc, de dos, la comtesse des Ténèbres contemplait l'horizon.

Elle sembla percevoir ma présence à l'orée du bois et se retourna vers moi. Une voilette de mousseline mauve préservait son visage du monde. Elle arborait un chapeau à la dernière mode, mauve également, tandis qu'une robe, mauve elle aussi, achevait de défier le surnom de comtesse des Ténèbres qui lui avait été donné dans le pays. Alors que je l'imaginais prendre peur et courir se cacher dans sa demeure, elle resta assise et tout à fait tranquille. Son calme m'enhardit, et je me rapprochai d'un pas timide.

– Puis-je m'asseoir, madame ? bredouillai-je.

Elle acquiesça d'un signe de tête, le visage insaisissable sous son masque élégant… Je pris place au moment où mes jambes allaient flancher. Nous demeurâmes assis, tandis que les échos des champs alentour nous parvenaient, les cloches des vaches, les aboiements d'un chien qui rappelait ses troupeaux, le hennissement des chevaux qu'on rentrait à l'écurie. J'eus l'étrange impression d'être observé à mon tour ; je me tournai vers la bâtisse où je reconnus, derrière l'une des fenêtres, l'homme blond et svelte que j'avais aperçu dans la voiture aux côtés de la comtesse : il ne me quittait pas des yeux ; sa main était glissée à l'intérieur de sa veste, prête sans doute à dégainer son pistolet si j'esquissai le moindre geste à l'encontre de celle qu'il protégeait depuis dix ans…

– Madame, dis-je enfin, je ne vous importunerai pas longtemps. Mon nom est Joseph Herbelin. Je fus gardien à la tour du Temple à Paris, de février 1794 à septembre 1795. Je n'avais alors pas même vingt ans. Durant ce temps, je participai à la surveillance de la dernière détenue royale, Marie-Thérèse-Charlotte de

France, fille de Louis XVI et de Marie-Antoinette. Dans ce lieu sinistre où sévirent des cruautés indicibles, je connus un bonheur qui ne fut jamais égalé dans ma vie. Ce bonheur, je le dois à la princesse. Chaque jour qu'il me fut permis de la côtoyer me combla d'une félicité que j'ignorais possible… Savez-vous ce que ce sentiment représente pour un jeune homme ? Combien d'entre nous l'espèrent sans jamais l'éprouver ? La princesse, par sa grandeur, par sa bonté, m'a fait ce cadeau. Je peux aujourd'hui affirmer que la grâce d'une femme vaut davantage que la grâce de Dieu… Hélas, je n'ai jamais eu l'occasion de lui témoigner ma gratitude. Durant vingt-cinq ans, j'ai vécu dans l'enchantement de son souvenir, et le regret de n'avoir pu la remercier à temps…

Un long moment s'écoula, j'en vins à me demander si cette femme parlait français… Je l'observai du coin de l'œil. La brise agitait doucement sa voilette, révélant à de furtifs instants tantôt la peau de son cou, tantôt la perle de sa boucle d'oreille, tantôt le profil délicat de sa bouche… Elle posa alors sa main gantée sur la mienne avec une affection qui réchauffa ma peau. Ses doigts tenaient un mouchoir blanc sur lequel étaient brodées… des fleurs de lys jaunes. Je les fixai, stupéfait, obnubilé. Je tentai de parler sans y parvenir : je voulais l'interroger sur cette broderie, lui demander si vraiment, réellement, elle était…

Elle se leva puis s'en alla vers le petit pont qui reliait la prairie à son domaine, et, tandis que sa silhouette gracieuse retournait à ses ténèbres, le soleil à son tour s'évanouit à l'horizon*.

Joseph H.

---

* Cette lettre fut la dernière adressée à sa tante. Deux mois plus tard, le 9 février 1821, Céleste Herbelin décéda à l'âge de quatre-vingt-sept ans.

Postface

Mon père, dès son retour d'Allemagne (j'avais alors douze ans, et je le croyais à Paris), ne quitta plus La Roche-Guyon. Je le trouvai moins taciturne, plus prompt à sourire, allant même jusqu'à plaisanter parfois. Dans sa correspondance, mon père souvent s'estime indigne. Je ne partage pas sa sévérité. Était-il responsable de l'orientation de son cœur ? Pouvait-il concevoir que son amour pour la princesse demeurerait inaltéré par les années ? Je comprends aujourd'hui qu'il vécut dans le remords, et qu'après deux décennies de scrupules, il sembla finalement trouver une consolation durant ce voyage en Allemagne. Le bonheur de nos parents devrait nous importer davantage que leurs fautes…

Je partis à Paris en 1830, où je publiai mes recueils de poèmes. Les années passèrent. Je revins quelques fois au village, retrouvant un père que je n'avais jamais connu, joyeux, tranquille, chaleureux... De la même façon que Paul-Henri Meunier lui avait enseigné le métier de maître horloger, il forma à son tour un jeune homme du pays afin qu'il continue à faire vivre l'atelier le jour où la force viendrait à lui manquer. Le 7 avril 1847, à l'âge de soixante et onze ans, Joseph Herbelin expira dans son sommeil.

Lorsque mon éditeur et ami de longue date me suggéra de publier les lettres de mon père, je m'y opposai vivement. Si leur lecture me paraissait déjà impudique, combien plus obscène me sembla la perspective de les rendre publiques ! Il fallut toute la patience, l'insistance (voire, certains jours, l'acharnement) de mon éditeur pour me convaincre du contraire.

Il est un mystère que ce recueil n'a cependant pas résolu : l'identité des parents de Joseph Herbelin. J'ai dédié ces trois dernières années à cette quête généalogique, parallèlement à la constitution de cet ouvrage. Je dois confesser qu'aucune tâche dans ma vie n'a autant éprouvé ma persévérance et mon optimisme. Néanmoins, de la même façon, aucun aboutissement ne s'est avéré aussi gratifiant et émouvant que celui-ci…

La mère de Joseph Herbelin, Renée-Françoise Herbelin, naquit le 1er mars 1751. Sœur cadette de Charles Herbelin, elle accompagna son frère à la cour de Versailles en 1774 lorsque ce dernier y fut appelé pour examiner le roi Louis XV, qui souffrait alors de la petite vérole. Quelques semaines plus tard, Renée-Françoise révéla sa faute à son frère : séduite par un jeune marquis, elle avait accepté de le revoir, et était désormais enceinte. Le futur père avait disparu, il leur fut impossible de le retrouver. Afin d'éviter les rumeurs qui entacheraient sa réputation, Charles Herbelin envoya Renée-Françoise en Normandie, où elle termina sa grossesse en compagnie de sa belle-sœur, Céleste. Dès la naissance de l'enfant, Renée-Françoise l'abandonna et, espérant racheter son péché, elle rejoignit les ordres de l'abbaye de Fontevraud dans la Loire. Elle y devint sœur Marie et acquit une réputation des plus louables : elle fut nommée mère supérieure, forma les novices, récolta toutes sortes de fonds pour l'entretien de ce lieu devenu sa maison et son pardon. Durant la Terreur de 1792, lorsque les révolutionnaires vinrent expulser les religieuses, elle s'interposa et leur offrit de saisir à la place tous les biens matériels de l'abbaye. Insensibles à la cause religieuse, ces soudards la prirent pour exemple : devant les villageois, les abbés et les sœurs, ils arrachèrent son voile et sa robe puis la battirent jusqu'aux dernières paroles qu'elle fut en mesure de prononcer : « Mon Père, protégez mon orphelin ! » Ainsi, le 16 septembre 1792, Renée-Françoise Herbelin, dite sœur Marie, mourut en martyr sans jamais avoir rencontré son fils.

J'achèverai cet ouvrage en formant à mon tour le vœu que le Seigneur réunisse avec leurs parents tous les orphelins de la Révolution.

Marie Herbelin

DE LA MÊME AUTEURE

LE BAL DES FOLLES, Albin Michel, 2019. Prix Stanislas du premier roman, prix Patrimoine BPE, prix Première Plume, prix Renaudot des lycéens 2019. Le Livre de Poche, 2021 ; collection « Classiques et contemporains », Magnard, 2022. Adapté en bande dessinée par Arianna Melone et Véro Cazot, Albin Michel, 2021.

UN MIRACLE, Albin Michel, 2022 ; Le Livre de Poche, 2024.

Composition : IGS-CP
Impression : Imprimerie Floch, mars 2025
Éditions Albin Michel
22, rue Huyghens, 75014 Paris
www.albin-michel.fr
ISBN : 978-2-226-49383-5
N° d'édition 25909/01 – N° d'impression : 106572
Dépôt légal : avril 2025
Imprimé en France